第二届海峡论坛纪实

海峡两岸出版交流中心　编

九州出版社
JIUZHOUPRESS
全国百佳图书出版单位

图书在版编目（CIP）数据

第二届海峡论坛纪实 / 海峡两岸出版交流中心编.
—北京：九州出版社，2010.12

ISBN 978-7-5108-0742-8

Ⅰ. ①第… Ⅱ. ①海…Ⅲ. ①新闻报道－作品集－中国－当代 Ⅳ. ①I253

中国版本图书馆CIP数据核字(2010)第218924号

第二届海峡论坛纪实

作　　者	海峡两岸出版交流中心　编
出版发行	九州出版社
出 版 人	徐尚定
地　　址	北京市西城区阜外大街甲35号（100037）
发行电话	（010）68992190/2/3/5/6
网　　址	www.jiuzhoupress.com
电子信箱	jiuzhou@jiuzhoupress.com
印　　刷	北京顺诚彩色印刷有限公司
开　　本	720毫米×1020毫米　16开
印　　张	13.75
字　　数	200千字
版　　次	2010年12月第1版
印　　次	2010年12月第1次印刷
书　　号	ISBN 978-7-5108-0742-8
定　　价	48.00元

目　录

论坛讲话

新闻纪实

各方评论

附　录

论坛讲话

贾庆林在第二届海峡论坛大会上的致辞

各位同胞、各位朋友，

女士们、先生们：

大家上午好！

盛夏时节，美丽的鹭岛花团锦簇，胜友如云。我很高兴和来自海峡两岸的各界同胞一道，共同参加第二届海峡论坛。受胡锦涛总书记的委托，我代表中共中央，对第二届海峡论坛的举办表示热烈的祝贺！向所有前来参加论坛的两岸同胞特别是来自台湾的各位乡亲致以诚挚的问候！

海峡论坛是由两岸同胞共同打造、旨在促进两岸民间交流的重要平台。论坛以“扩大民间交流、加强两岸合作、促进共同发展”为主题，体现了两岸关系和平发展的重要内涵，反映了两岸各界民众的共同愿望。本届论坛由海峡两岸62家单位和民间团体主办，参加活动的台湾各界民众超过1万人。这么多的两岸同胞欢聚在这里，这么多的台湾民众共襄盛举，处处洋溢着亲情、乡情和友情，交融着增进了解、交流合作的热切期盼。本届论坛的举办，是当前两岸同胞和社会各界大交流、大合作的重要体现，是两岸关系和平发展的生动写照。

各位同胞、各位朋友！

过去两年多来，在两岸同胞共同努力下，两岸关系实现历史性转折，取得一系列积极成果。两岸直接“三通”全面实现，便利了同胞往来，促进了经济合作。两岸各领域、各界别的交往更加热络，大交流的局面已经形成。去年，两岸人员往来达到540万人次，创历史新高。大陆居民赴台交流参访和旅游突破93万人次，首次来大陆的台湾民众达33万人。在应对国际金融危机冲击和抗击地震、风灾等重大自然灾害的斗争中，两岸同胞同舟共济、相互扶持，体现了血浓于水的同胞之爱，展示了患难与共的手足之情，谱写了真诚相助的感人篇章。

两年多来两岸关系发展取得重要积极成果，得益于两岸双方抓住难得机遇，以两岸同胞福祉为念，增进互信，排除干扰，平等协商，推进合作。更重要的是，两岸关系改善和发展符合两岸同胞的利益和愿望，得到了两岸同胞的普遍认同和有力支持。我们应该顺应两岸主流民意，牢牢把握两岸关系和平发展的主题，继续保持两岸关系发展的正确方向，继续巩固两岸关系改善发展的良好势头，继续按照先易后难、先经后政、把握节奏、循序渐进的思路，务实推进两岸关系发展进程，力争取得更多实际成效，不断增进两岸同胞的福祉。同时，还应当着眼于今后逐步破解两岸关系前进道路上的难题，在反对“台独”、坚持“九二共识”的基础上进一步增强两岸的政治互信。

各位同胞、各位朋友！

60多年来，两岸尽管经历了长期隔绝，走过了不同的发展道路，但两岸的同胞爱、民族情和共同的中华文化根脉，是任何力量都割不断的。两岸由长期隔绝到交流往来，各领域合作从无到有、由小到大，民间力量都发挥了重要的主导作用。正是在加强交流合作的进程中，两岸同胞越来越透彻地理解了两岸合则两利、分则两害的道理，越来越清楚地看到了“台独”分裂活动造成的危害，越来越直接地感受到了两岸关系改善和发展带来的好处，从而越来越深刻地认识到两岸关系和平发展符合两岸同胞的整体利益和中华民族的根本利益。今天，支持两岸开展平等协商，赞同两岸加强互利合作，积极促进两岸关系和平发展，已经成为台湾民意的主流，成为两岸同胞的普遍共识。实践充分证明，两岸民间交流是两岸关系发展中最具活力的因素，是增进同胞感情、扩大共同利益的最好方式。

“天地之间，莫贵于人”。两岸关系发展的主体是两岸同胞，动力来自两岸同胞，成果也惠及两岸同胞。两岸关系和平发展是两岸同胞的

□ 6月20日，贾庆林在第二届海峡论坛大会上致辞。

共同事业，需要两岸同胞最广泛的参与和支持。当前，扩大和深化两岸民间交流，是两岸关系和平发展的客观需要，是两岸同胞共同的责任，同时也具有前所未有的良好条件。特别是两岸正在积极商签经济合作框架协议，这必将为深化两岸交流合作带来新的机遇，有利于两岸经济长远发展。在新的起点上进一步推动两岸关系和平发展，就必须更加积极有力地推动两岸民间交流更广泛、更深入、更持久地开展下去。“人之相知，贵相知心”。两岸交流，归根到底是人与人的交流，最珍贵的是两岸同胞心与心的沟通。两岸关系发展的进程，是一个不断积累共识、解决问题、化解矛盾、深化合作的过程。两岸同胞形成的共识越多，就越能够为破解两岸关系面临的各种难题创造有利条件。广泛开展两岸各界交流，特别是加强基层民众直接交流，有利于为两岸关系发展营造更良好的氛围、打下更坚实的民意基础。由于历史和现实的各种原因，一部分台湾民众对大陆还缺乏了解甚至存在误解，对两岸关系发展还持有疑虑，这是一时难免的。我们愿意积极与他们沟通，以最大的包容和耐心加以化解和疏导。只要两岸同胞进一步密切交流互动，消除各种疑虑和误解，就能够不断凝聚促进两岸关系和平发展的共识，不断增进对中华文化和中华民族的认同，不断为携手实现中华民族的伟大复兴提供强大的精神动力。

新形势下的两岸交流理应向更宽领域、更大规模、更深层次迈进。两岸交流，应当以两岸同胞为主体，以弘扬和传承中华文化为核心，以增进同胞感情和提升福祉为归宿。两岸交流，没有党派之分，没有地域之别，应当遍及城市和农村，深入到县市、乡镇、学校和社区，深入到工人、农民、青年、妇女和少数民族等各个界别之中。我们希望两岸各界民间团体发挥更有力的促进作用，为两岸民间交流拓展新领域、开辟新渠道、构建新平台、创造新形式，促进越来越多的两岸同胞投身于两岸大交流、大合作的潮流，成为两岸关系和平发展的参与者、推动者和受益者。目前，多数台湾同胞还没有来过大陆。我们热诚欢迎他们能够到大陆走一走、看一看，增进对大陆经济社会发展的直接了解，增加与大陆同胞的直接接触。我们也鼓励更多的大陆同胞到台湾各地尤其是中南部地区和基层民众中去，真诚与台湾同胞交朋友，认真倾听台湾乡亲的心声。两岸同胞完全应该常走动、多往来。大家以诚相待，彼此交心，走亲访友做生意，交流合作促发展，日子就会越过越红火，两岸关系和平发展的道路就会越走越宽广。

各位同胞、各位朋友！

两岸同胞是血脉相连的命运共同体，同属中华民族大家庭。近代以后我们共同蒙受了民族的深重灾难，今天我们共同迎来了民族的复兴曙光。携手推动两岸关系和平发展、同心实现中华民族伟大复兴，应当成为两岸关系发展的主旋律，成为两岸同胞共同努力的方向。让我们团结起来、不懈奋斗，共同开创中华民族辉煌灿烂的美好未来！

最后，预祝第二届海峡论坛圆满成功！

谢谢大家。

贾庆林：加强两岸文化交流合作 提升中华民族凝聚力

中共中央政治局常委、全国政协主席贾庆林6月19日下午参观了第三届海峡两岸文化产业博览交易会展馆。

在展馆现场，贾庆林饶有兴趣地参观了来自两岸各地的特色展区。他来到台湾少数民族工艺品展区，和身着民族服装的台湾少数民族同胞手拉手跳起了欢快的舞蹈。在台湾宜兰的展台前，他品尝了台湾特色小吃。贾庆林指出，两岸文化同根同脉，两岸文化产业合作潜力巨大。我们要抓住机遇，推动文化产业合作实现优势互补，共同做强做大中华文化产业，大

□ 6月19日，贾庆林出席第二届海峡论坛并宣布论坛开幕。

力提升中华文化在国际上的影响力和竞争力。要深入发掘中华传统文化资源，共同打造一批具有中华民族特色、风格、气派的知名文化品牌，不断增进两岸同胞的心灵沟通与情感交融，增强中华民族凝聚力。

全国政协副主席、台盟中央主席林文漪一同参观。

两岸文博会首创于2008年，突出两岸合作，品质不断提升，规模不断扩大，参展企业与交易额逐年增长，成为海峡两岸文化产业交流的重要平台。第三届海峡两岸文化产业博览交易会19日在厦门开幕，两岸千余家企业参会，设置了1个主展馆和11个分会场。

贾庆林：海峡论坛要继续举办且参与面越广越好

中共中央政治局常委、全国政协主席贾庆林6月19日下午在厦门会见出席第二届海峡论坛的两岸各界人士时表示，希望海峡论坛继续举办下去，并且只要赞成两岸加强合作交流的，不分党派，不分界别都可以在这里平等交流，友善互动。

贾庆林肯定去年首届海峡论坛办得很成功，产生了广泛的积极影响。他说，今年的论坛继续由两岸同胞共同策划、共同组织、平等参与、直接互动。与去年相比，本次论坛规模更宏大，代表性更广泛，仅来自台湾的各地同胞就达到1万多人，可以说是两岸各行各业人士的大交流，也是台湾

□ 6月19日，贾庆林会见前来参加第二届海峡论坛的台湾嘉宾代表并与黄敏惠亲切交谈。

25个县市乡亲的大聚会。活动内容更丰富，形式更多样，既有文化特色，又有经济内涵，适应了两岸各方面民众的不同特点和需求，体现了两岸民间交流的多样性和实效性。

他希望把海峡论坛继续办下去，而且要办得更好。要继续由两岸各团体共同举办，更加突出面向民众、贴近基层的特色；要不断改进形式，丰富内容，更多设计一些两岸各界民众喜闻乐见、特别是适应台湾基层民众交流需要的活动；要充分发挥台湾各主办团体的积极性，更多听取他们的意见和建议，发挥他们的作用；要吸引更多的台湾同胞参与论坛，尤其要热诚欢迎那些还没有来过大陆的台湾同胞前来参加。参与的面越广越好，参加的人越多越好。

他表示，只要是赞成两岸加强交流合作的，不分党派、不分界别，都可以在这里平等交流，友善互动。相信在大家的共同努力下，海峡论坛一定能越办越好，为促进两岸民间交流作出更大贡献，为推动两岸关系和平发展发挥更大作用。

第二届海峡论坛于6月19日在厦门开幕，论坛以“聚焦民生，惠泽两岸”为主题，吸引万名台湾民众赴闽参与，其中六成为台湾中南部民众。

陈至立会见辜严倬云女士

全国人大常委会副委员长、全国妇联主席陈至立6月19日在厦门会见了前来出席海峡两岸妇女交流活动的台湾中华妇联总会主任委员辜严倬云等人。

陈至立说，我们同是炎黄子孙，两岸妇女姐妹同根生，有相同的文化背景和情感，有共同的心愿——促进两岸的和平发展、为两岸妇女和儿童共谋福祉。妇女在促进海峡两岸交流交往中发挥着独特的作用，做出了积

□6月20日下午，陈至立、辜严倬云携手参加海峡两岸妇女交流活动。

极贡献。她希望两岸妇女相互学习、相互帮助，进一步加强交流合作，促进共同发展，为中华民族伟大复兴做出自己的努力。

辜严倬云表示，为促进两岸关系和平发展，妇女姐妹们可以做更多事情，加强交流与合作，帮贫助困，尽妇女同胞应尽的一份力量。

全国妇联副主席、书记处第一书记宋秀岩等陪同会见。

王毅：两岸交流重在心灵相通感情相通命运相通

以“扩大民间交流、加强两岸合作、促进共同发展”为主题的第二届海峡论坛开幕式6月19日晚19时30分在厦门会展中心隆重开幕，中共中央台办、国务院台办主任王毅在开幕式上致辞。

王毅用闽南话向在场的六千多名台湾乡亲问好，引起热烈回应。

王毅说，第二届海峡论坛即将在此拉开帷幕，我谨代表大陆方面32个主办单位对论坛的开幕表示热烈的祝贺！对台湾方面30个主办单位给予的合作与支持表示衷心的感谢，向前来出席论坛的两岸各界兄弟姐妹们表示

□ 6月20日，王毅在第二届海峡论坛大会上致辞。

热烈的欢迎。我们还要向海峡彼岸的广大台湾同胞们致以诚挚的祝福！

王毅表示，海峡论坛是两岸交往史上的创举，今年的论坛参加的民众更多，界别更广，活动更加丰富多彩，海峡论坛是两岸民间各界的大聚会，是两岸基层民众的大交流，更是两岸血脉亲情的大融合。

王毅指出，两岸交流归根到底是人与人的交流，我们已经实现了两岸的通商、通航和通邮，但是，除了这“三通”之外，我们还要让两岸心灵相通，感情相通，命运相通，真正把我们两岸民众的心连接在一起，把我们两岸民众的力量汇集在一起，把我们两岸民众的意志凝聚在一起，共同去推动两岸关系的和平发展，共同去开辟两岸关系的美好未来，共同去迎接我们中华民族的伟大的复兴。

王毅在第二届海峡论坛大会上的讲话

第二届海峡论坛的“重头戏”——海峡论坛大会6月20日上午在厦门海峡会议中心隆重举行。中共中央台办、国务院台办主任王毅在大会上发言指出，两岸交流要更广泛、更深入和更持久。他并表示，两岸经济合作化框架协议商谈已取得实质进展。以下是王毅主任发言全文。

尊敬的贾庆林主席，尊敬的黄敏惠副主席，

同胞们，朋友们，

大家上午好！

首先，我谨代表中共中央台办、国务院台办，对第二届海峡论坛的举办表示热烈祝贺，向前来参加论坛的台湾各界同胞表示热烈欢迎！

去年5月，首届海峡论坛在福建顺利举办并取得圆满成功，发出了新形势下加强两岸民间交流的明确信号。一年多时间过去了，在两岸各界人士共同努力下，两岸民间交流不负重望，蓬勃发展。去年，两岸人员相互往来达540万人次，创下历史新高，特别是大陆民众赴台93万人次，是2008年的3.4倍。今年两岸人员往来继续保持强劲势头，1至5月台湾同胞往来大陆196万人次，同比增长10.3%，大陆居民赴台66.6万人次，同比增长59%，其中大陆游客赴台52.6万人，同比增长90%，预计全年大陆赴台游客将突破100万人，两岸相互人员往来将超过600万人次。尤其值得提到的是，两岸交流正日益向基层、向民间扩展和深入，去年以来，越来越多的大陆赴台交流团组主动走进台湾街头巷尾、田间地头、工厂学校、医院社区，和台湾基层民众面对面接触交流，拉近了彼此距离，增进了相互感情。一年来两岸交流的成果再次证明一个道理：加强交流是两岸民众的人心所向，是两岸关系发展的大势所趋，是谁都无法违背和阻挡的历史潮流。

当前，随着两岸关系和平发展稳步推进，两岸大交流局面已经形成，并日益呈现巨大潜力与广阔前景。刚才，贾庆林主席就新形势下进一步推进两岸交流做了深刻阐述，提出了明确要求，强调要加强两岸基层民众之间的交流，不断提升交流层次和水平。为此，我们希望两岸交流今后应朝以下三个方向作出进一步努力：

一是交流要更加广泛。两岸交流应不断扩大参与，跨越地域和界别，跨越党派和意识形态。要鼓励两岸的交流范围从经济领域向其他领域扩展、交流对象从政经各界向社会基层深入、交流地点从城市向乡村、从北部向南部延伸。我们还愿意继续为更多台湾基层民众特别是从未来过大陆的台湾同胞来大陆交流参访创造机会，提供便利。参与交流的同胞越多越好，交流的领域越广越好，从而为两岸关系和平发展奠定坚实的群众基础。

二是交流要更加深入。两岸交流应不断充实内涵，既要求同存异，更要聚同化异。希望两岸同胞在交流中进一步敞开心扉、坦诚相待，通过交流加深相互理解，营造良性互动，解决实际问题，增进彼此信任，从而为两岸关系和平发展提供不竭动力。

三是交流要更加持久。两岸交流应不断保持势头，交流不是一时一事，重在可长可久。希望两岸各界积极创新交流方式，打造更多符合自身特色、体现本地优势的交流平台，在两岸间形成全方位、多层次、机制化的交流格局，为两岸民间交流提供稳定和可靠的制度保障。

作为对台事务主管部门，中共中央台办和国务院台办将继续秉持以人为本、注重实效的原则，会同各地各部门积极鼓励和推动两岸民间交流不断发展。

各位同胞，各位朋友，

在当前两岸交流合作中，商签两岸经济合作框架协议（ECFA）是大

□6月19日晚，王毅出席第二届海峡论坛开幕式并发表讲话。

家普遍关心的问题。今天，我愿借此机会向大家介绍一些情况。首先，自台湾方面提出希望商签ECFA以来，两岸双方在两会框架下进行了多轮商谈和沟通，已经取得实质性进展。这些进展，是双方共同努力的结果，倾注了双方的心血，值得共同珍惜。目前，商谈已进入最后阶段，我们希望双方本着顾全大局、着眼长远、相互体谅的精神来妥善解决有关的问题。

第二，在ECFA商谈过程中，大陆方面已经认真履行了承诺，充分释放了善意。基于两岸同胞之情，我们在商谈中充分体谅和照顾了台湾弱势产业、中小企业尤其是农民兄弟的利益，早期收获计划尽可能兼顾了台湾各行业、各地区的需要。我在此要向大家说明的是，早期收获只是履行ECFA的第一步，目前早期收获的规模和金额已经很大，一时未能列入早期收获的产品，都可以在协议签署后启动的后续商谈中加以充分协商，寻求妥善解决。

第三，ECFA商谈遵循平等互利、循序渐进原则，充分考虑两岸经济条件，目的就是为了建立一个有利于两岸经济共同繁荣与发展的合作机制，这对两岸经济发展都有好处，也应当经得起实践和历史的检验。对于台湾方面来说，ECFA的签署将有利于提高台湾经济的活力和竞争力，有利于为台湾经济开辟新的发展空间，也有利于台湾经济更好地应对区域经济一体化带来的机遇与挑战。

各位同胞，各位朋友，

福建与台湾隔海相望，两地关系源远流长。在促进两岸交流方面，福建始终走在前列，发挥着不可替代的独特作用。新形势下，福建的各项事业正在加快推进，其中一个重要目标就是要将海峡西岸经济区建设成为两岸人民交流合作的先行先试区。去年以来，国务院和各有关部门相继实施了一系列支持福建加快海西建设的政策措施，有力推动了福建发展和海西建设不断向前迈进。我们相信，随着先行先试思路与政策的逐渐到位与落实，必将为两岸扩大交流、深化合作创造新的条件，拓展新的空间。我们衷心希望并热诚欢迎台湾各界人士踊跃参与到海西的建设和发展中来，参与到两岸人民交流合作先行先试区的建设和发展中来，共同为促进两岸关系发展，实现共同繁荣作出新贡献。

最后，祝愿第二届海峡论坛圆满成功！谢谢大家！

孙春兰在第二届海峡论坛大会上的致辞

第二届海峡论坛大会6月20日在厦门召开，中共福建省委书记孙春兰出席大会并致辞。以下是致辞全文。

第二届海峡论坛隆重开幕了。我谨代表中共福建省委、省人大常委会、省人民政府、省政协，向莅临论坛的两岸同胞，向各位领导、各位来宾，表示热烈欢迎！

去年5月，首届海峡论坛开启了两岸民间交流交往的崭新篇章。与此同时，福建认真贯彻《国务院支持福建省加快建设海峡西岸经济区若干意见》，加快推进对台交流合作先行先试，一系列两岸合作交流的常态化机制得以建立，一系列具有海峡地域特色的民俗文化得以弘扬，一系列惠及两岸的政策措施得以实施，闽台之间往来更加便捷，交流更加活跃，合作更加深入。实践表明，海峡论坛是百姓的论坛、民众的舞台，是两岸同胞深化亲情、增进友情、密切感情的平台，必将在推进两岸关系和平发展进程中发挥更加积极的作用。

各位嘉宾，各位朋友！

今年春节，胡锦涛总书记亲临福建考察，亲切接见在闽台商，向广大台湾同胞拜年。今天，贾庆林主席又一次亲临大会，发表重要讲话。这些都充分表明了对发展两岸关系、造福两岸同胞的善意和诚意，强调了天下之大，民生为最。民生是大众的共同利益，是两岸的共同追求。我们要继续秉承论坛“扩大民间交流、加强两岸合作、促进共同发展”

的主题，突出人民性、广泛性、基层性的特点，切磋商研，集思广益，进一步聚焦民生、惠泽两岸，不断增进两岸同胞的共同福祉。

我们将抓住难得机遇，进一步加快发展，厚植两岸经济合作基础。发展是两岸同胞的共同追求。加快福建发展和海西建设是利两岸、合大势、惠民生的好事。我们将牢牢把握国家鼓励东部地区率先发展和支持福建省加快建设海峡西岸经济区的重大历史机遇，着眼两岸经济互利共赢，积极探索建立具有两岸特色的经济合作机制，充分发挥各自优势，合作开拓国际市场，实现共同发展。当前，两岸正在商签经济合作框架协议，这有利于两岸优势互补、合作深化，实现共同受益、互利发展，必将极大地造福两岸同胞。在协议商签和实施过程中，福建愿为两岸经济往来正常化、机制化和制度化作贡献，为两岸民生发展尽最大的努力。

我们将着力先行先试，密切闽台交流合作，积极探索促进两岸关系和平发展的有益经验。温家宝总理在今年的《政府工作报告》中明确提出，“大力支持海峡西岸经济区在两岸交流合作中发挥先行先试作用”。不久前，国家有关部委赋予福建省部分特定区域实行台资项目核准特殊政策。最近，国务院又批准将厦门经济特区扩区到全市，并同意厦门发挥在体制机制创新方面的试验区作用，扩大金融改革试点，建立两岸区域性金融服务中心，先行试验一些金融领域重大改革措施。同时，福州台商投资区的扩区和泉州等台商投资区的新建也在积极推进当中。这些都充分体现了对福建发展的支持和两岸合作的重视。我们将按照中央提出的建设两岸经贸合作的紧密区域、两岸文化交流的重要基地和两岸直接往来综合枢纽的要求，进一步全方位、多层次地加强闽台合作。当前，我们正在大力推动建设平潭综合实验区，这是造福两岸同胞的一项重大举措，也是促进两岸关系和平发展的一个有益探索。希望更多有识人士特别是台湾各界同胞，积极参与平潭开放开发，与我们共同规划、共同开发、共同经营、共同管理、共同受益，打造两岸人民合作建设、先行先试、科学发展的共同家园。此外，福建省还将安排15个事业单位职位聘用台湾专才，担任高等学校、科研院所和台湾农民创业园等机构的管理职务，促进闽台人才在更高层次、更大范围交流合作。

我们将坚持对台优先，完善相关政策，切实维护台湾同胞利益。闽台同胞情同手足，竭诚服务台胞是我们历来坚持和奉行的宗旨。我们将一如既往地支持台湾民众在闽创业发展，满腔热情地办好惠及台湾同胞的实事，真心诚意地维护台胞台商的合法权益。我们将一以贯之地认真对待台湾同胞的每一项诉求，凡是对台湾同胞有利的事情，凡是对密切闽台关系有利的事情，凡是对促进两岸关系和平发展有利的事情，我们都会认真去做，尽最大努力做好。我们将继续在鼓励台资企业转型升级、简化审批程序、帮助融资贷款等方面改进服务，在扩大对台农产品采购和赴台旅游、扩大就业、考证办证、技能鉴定、方便就医、支持置产、便捷往来等方面创造条件，在扩大招生规模、招录台生就业、建立台生奖学制度等方面予以便利，努力使在闽台商更有信心创业，使在闽台胞更加快乐生活。

各位嘉宾、各位朋友！

“青山一道同云雨，明月何曾是两乡”。福建与台湾有着独特的“五缘”关系。从血脉传承上讲是近亲，乡情亲情多；从地理位置上讲是近邻，互帮互助多；从经济合作上讲是伙伴，共同利益多；从交流交往上讲是好友，共同语言多。我们热忱欢迎台湾同胞常来常往，共同努力增进两岸同胞福祉，共同促进两岸关系和平发展！

祝第二届海峡论坛圆满成功！

黄敏惠：两岸签署ECFA意义重大将创经济奇迹

中国国民党副主席黄敏惠6月20日在此间表示，未来两岸要签署的ECFA经济合作框架协议，意义影响更大。在这个时机，华人能够创下世界的经济奇迹，相信21世纪绝对是华人的世纪。

第二届海峡论坛大会在厦门召开，出席大会的国民党副主席黄敏惠发言时作上述表示。她表示，两岸达成和平发展的共识使两岸的关系在不断改变，也不断地对社会、世界的安全稳定，尤其对于亚太地区的稳定发展，提供了最大的贡献。

黄敏惠表示，两岸两会签署了12项协议和达成一项共识，有效解决了

□ 6月19日，黄敏惠出席第二届海峡论坛开幕式并发表讲话。

两岸交流所衍生的各种问题，更为进一步发展两岸关系创造最好的条件。

黄敏惠也感谢大陆相关部门在两岸经贸已经密切当中，对于在大陆投资的台商，甚至许多中小企业给予很多照顾，并且保护他们的权益，协助台商解决所有投资劳动法律相关的问题，让他们能够放心，让他们的家属能够安心。

黄敏惠还指出，两岸之间还有很多疑虑，通过这样的沟通、这样的交流，我们相信能够化解更多的误解，能够让彼此更熟悉，会有更多的信任。逐步的信任让我们结束了对抗，两岸交流，我们共创双赢，彼此之间能够达到最好，我们求同存异，甚至未来当中，共同创下历史最好的见证，做最好历史的推动者，这就是人民的力量，这就是最大的推动力量。

黄敏惠：海峡论坛是个包容的舞台

“海峡论坛是一个包容各种声音的大舞台，所以我才有勇气亮开嗓子唱歌。”到厦门参加第二届海峡论坛的中国国民党副主席黄敏惠6月20日接受本报记者采访时，仍忘不了在论坛开幕式上的经历，“在台湾我都很少唱歌，但在气氛那么热烈的现场，我很自然地就唱起《阿里山的姑娘》。”

黄敏惠说：“这次海峡论坛的普及性、深入性、广泛性的特点非常突出，已经构建起两岸民间沟通交流的平台。”

对于两岸日益热络的民间交流，黄敏惠认为还有很大的潜力可以挖掘，过去都是以政策推动交流居多，但现在民间的力量则越来越突出。她

□ 6月19日，黄敏惠在“人文城市——嘉义市文化观光记者会”上称，海峡论坛是两岸关系和平稳定发展的良好开始。

说："本次海峡论坛邀请了更多台湾中南部基层的社团和乡亲一起交流，而且越来越有深度。让更多的声音能从基层不断发出，展现多元的力量，是我们向大时代迈进最重要的动能。"

作为嘉义市市长，黄敏惠参加海峡论坛还有一个重要目的，就是推介嘉义市的观光旅游。黄敏惠特别强调了嘉义市"管乐城市"的特色，她表示，台湾中南部的观光旅游会"让大家很感动"。而台湾的观光单位也在积极规划深度旅游，希望未来大陆游客的台湾游更有品位、更有品质，两岸民众的互动更多，共识更多，彼此情谊更浓，在两岸交流中寻求更大的利益与繁荣。

在采访中，黄敏惠不时穿插闽南话回应热情的福建乡亲，"尽管闽台的闽南话腔调不一样，但是一样的温馨和亲切。"她说两岸的"同"能带来亲切，而"异"则会带来美丽和好奇，"比如我搭乘的是厦航的'青年文明号'，在此之前我不知道这意味着什么。这是我们增强两岸交流互动、增加相互了解的必要所在。"

周庆雄：期盼尽早实现大陆居民赴台游自由行

参加第二届海峡论坛大会的台湾观光协会会长周庆雄发言时表示，期盼随着两岸旅游的日益发展，能尽早实现赴台旅游自由行的开放。

周庆雄表示，自2008年7月启动大陆居民赴台旅游以来，台湾已成为大陆居民最向往的旅游地点。近两年来台湾观光协会凭借着两岸文化同根同源的优势，在大陆各地开展了多样赴台旅游交流活动。同时，台旅会与海旅会也于本年五月上旬分别在北京及台北设立办事处。这些都已成为两岸间增进了解，相互往来，促进和平发展的重要渠道。

周庆雄指出，一路走来，两岸本着“交流合作，互利共赢”群策群力，拓宽合作思路，扩展合作领域，实现双方旅游业的共同繁荣与发展。更可贵的是双方都以真诚合作的思维，积极务实的态度来追求进步。

周庆雄除期望尽早实现大陆居民赴台游自由行外，还希望两岸航班能将一定比例的座位提供给两岸旅行社团体旅客使用，以符合目前大陆游客“团进团出”的事实需要，并满足台湾初次赴大陆旅游的团体游客的需要。

周庆雄相信，两岸同胞的交流已经蔚然成风，必定能够更进一步加深对彼此的认识与了解，为两岸共同缔造和谐安宁的局面铺下坦途。他表示，开放大陆居民赴台旅游，对台湾的经济发展有莫大的帮助。除了经济效益之外，海峡两岸民间的交流不断，加深彼此了解，增进感情，为两岸关系和平发展打下更扎实的民意基础。

新闻纪实

第二届海峡论坛在厦门开幕
贾庆林出席并宣布开幕

第二届海峡论坛6月19日晚在福建厦门开幕。中共中央政治局常委、全国政协主席贾庆林出席并宣布论坛开幕。

中共中央台湾工作办公室、国务院台湾事务办公室主任王毅致欢迎辞。他首先代表大陆方面32个主办单位对论坛开幕表示热烈祝贺，对台湾方面30个主办单位给予的合作支持表示衷心感谢，向前来出席论坛的两岸各界兄弟姐妹们表示热烈欢迎，向海峡彼岸的广大台湾同胞们致以诚挚的祝福。

□6月19日晚，贾庆林宣布第二届海峡论坛开幕。

王毅说，海峡论坛是两岸交往史上的创举，今年的论坛参加民众更多，界别更广，活动更加丰富多彩。海峡论坛是两岸民间各界的大聚会，是两岸基层民众的大交流，更是两岸血脉亲情的大融合。两岸交流归根到底是人与人的交流，我们已经实现了两岸的通商、通航、通邮，但除了“三通”，我们还要让两岸心灵相通、感情相通、命运相通，真正把两岸民众的心联结在一起，把两岸民众的力量汇集在一起，把两岸民众的意志凝聚在一起，共同推动两岸关系和平发展，共同开辟两岸关系的美好未来，共同迎接中华民族的伟大复兴。

代表中国国民党前来参加论坛的国民党副主席、嘉义市市长黄敏惠在开幕式上致词时说，今天海峡论坛正式开幕了，充满了更深入、更多元的声音。这个平台就是留给大家表达意见的最好的开始。每个人的热情就是最让人感动的。我也特别代表所有参与这次论坛的台湾朋友，感谢大陆方面给我们热情接待。人民是推动历史最重要的力量，希望海峡论坛成为两岸民众大交流一个新的开始。

全国人大常委会副委员长陈至立、周铁农，全国政协副主席林文漪、厉无畏，十届全国人大常委会副委员长顾秀莲，孙春兰、陈云林，以及新党主席郁慕明、亲民党秘书长秦金生、无党团结联盟主席林炳坤、人民最大党主席许荣淑等两岸各界人士共8000多人出席开幕式。开幕式由福建省省长黄小晶主持。

开幕式之后，在欢快俏皮的闽南语童谣《丢丢铜仔》中，“中华情·海峡缘”综艺晚会热闹登场。梅葆玖、李宝春、宋祖英和陶喆、蔡琴、熊天平等两岸演员接连登台献艺，给现场的两岸来宾和观看晚会电视直播的亿万观众，带来了一场充满浓浓民族情谊的视听飨宴。由两岸“和平小天使”齐声吟唱的《同是一个梦》，更引起强烈的共鸣：“一样的大地，一样的天空，你我未来命运相与共……一样的血液，一样的光荣，心中拥有同是一个梦。”

以“扩大民间交流、加强两岸合作、促进共同发展”为主题的海峡论坛，是专为两岸普通民众而打造的交流平台，去年成功举办了首届。第二届海峡论坛由国务院台湾事务办公室、中华海外联谊会、台湾省农会、台湾省渔会等海峡两岸60多家单位、民间团体共同主办，规模进一步扩大，更加突出民间性、社会性和广泛性，有各界别、各行业、各县市的万名台湾乡亲参加。19日至25日，论坛四大板块25场交流活动在福建省9个设区市举办。

海峡论坛主办单位设晚宴欢迎台湾嘉宾王毅闽南语问候

第二届海峡论坛主办单位6月19日晚在此间设宴，欢迎前来参加论坛的台湾嘉宾代表。中共中央台湾工作办公室、国务院台湾事务办公室主任王毅在致祝酒词时，首先用闽南语“大家好”向嘉宾们表达问候。

王毅说，中共中央台办、国务院台办，以及各个省（区）市的各级台办都是来到大陆的台湾同胞的家。我们将会尽最大努力为大家提供服务，排忧解难；我们将以最大诚意为大家多办好事，多办实事，让大家在大陆感受到台办这个家以及大陆这个大家的温暖。

□ 6月19日晚，王毅出席第二届海峡论坛开幕式并发表讲话。

福建省省长黄小晶在致辞时说，闽台之间关系非同一般，各领域、各层面联系十分紧密。上个月，福建经贸团到台湾走亲、访友、做生意，由台北一路南下再到金门，真切感受到闽台之间深厚的乡情、亲情、友情。我们真诚欢迎台湾乡亲多来福建走亲、访友、做生意，共同推动闽台合作先行先试，在不断密切的交流合作中共创发展良机，互利双赢。

台湾无党团结联盟主席林炳坤在发言时表示，现在两岸交流更加频繁，两岸人民的心紧密联系在一起，希望大家共同努力，共创双赢。

台湾少数民族民意代表高金素梅说，参加了两届海峡论坛，深深感受到两岸人民自然流露出来的民族感情。两岸之间不只有经贸、文化的交流，更重要的是情感和爱心的交流，尤其在受到灾害之时，你帮我，我帮你，心手相连。两岸的少数民族应该多交流，互相帮助，携手发展。

台湾乡镇市民代表会联合会秘书长刘冠雄表示，闽台乡镇对接交流营造了两岸共同发展的难得机会。两岸同胞血浓于水，希望在进一步深入交流中创造出更多有利于两岸人民福祉的成果。联合会愿意继续推动两岸乡镇基层对接交流。

由国务院台湾事务办公室、中华海外联谊会、台湾省农会、台湾省渔会等海峡两岸60多家单位、民间团体共同主办的第二届海峡论坛，19日晚在厦门开幕。论坛的各项活动在福建省9个设区市举办，有各界别、各行业、各县市的万名台湾乡亲参加。

心中拥有同是一梦

“中华情·海峡缘”晚会侧记

一弯明月照映着厦金海域，6月19日晚的厦门国际会展中心宾朋满座：跨海而来的6000多名台湾各县市、各界别的嘉宾和大陆同胞一起，在昔日的海防前线尽情放歌，共同欣赏第二届海峡论坛开幕式“中华情·海峡缘”综艺晚会。

晚上8时许，伴随着欢快俏皮的闽南语童谣《丢丢铜仔》，晚会热闹开场。背景电视画面上，这边是武夷山，那边是阿里山，此山连着彼山；观众席上，这位来自东岸，那位来自西岸，两岸8000多名嘉宾共度欢乐今宵。

□ 6月19日，第二届海峡论坛开幕式后上演“中华情·海峡缘金桥之夜”文艺晚会。

两岸主持人“无缝对接”的闽南语对话、两岸歌手相互呼应的闽南语组歌、客家风情浓郁的舞蹈、来自妈祖故乡的祝福……相同的曲调旋律、相同的文化根源，让现场充满浓浓的亲情乡情，一如主持人所说，“当我们彼此走进这一刻，发现相隔的距离如此之近，想说的话语如此之多”。

180度环抱舞台，10米高的高清彩幕视屏墙，巨轮、码头、风帆、海浪轮番闪现，诉说着“海峡”半个多世纪的变迁：曾经，“海峡”对金、厦意味着前线；如今，“海峡”更多意味着前沿、机会、缘分。

“晚会紧扣‘海峡缘’主题。”第二次执导海峡论坛综艺晚会的总导演郭霁红说，“我希望全面展示海峡论坛在福建举办这样一个独特的海峡地貌和风情，全面展示两岸民间交流持续不断走向纵深的态势。”

“一样的大地，一样的天空，你我未来命运相与共……一样的血液，一样的光荣，心中拥有同是一个梦。”伴随着《同是一个梦》歌曲，来自台湾的刘立行告诉大家，他是第六届“和平小天使”；来自福州的陈思仪告诉大家，她是第十二届“和平小天使”。

“想当年我才小学六年级，现在已经是个大学生了。过了这么多年，我们和大陆‘小天使’一直保持着联络，相信这么一个深具意义的交流活动，一定能在每位‘小天使’心中种下和平的种子，并在未来开出美丽的和平之花。”站在台上，刘立行大声说出期许。走到台下，9岁的陈思仪告诉记者，今年1月底她刚刚去过台湾，交了很多台湾小朋友。

“当两岸的青春之手紧握，迸发的是无比的青春活力。”“就像面前的这条海峡，汇聚了两岸的涓涓细流之后，也必将凝结成今天所看到的充满着温暖充满着澎湃的动人景象。”两岸主持人的慨叹，引起现场观众的强烈共鸣。

伴随着欢快的民族歌曲，南投仁爱中学的25名台湾少数民族学生身着鲜明的服饰奔向舞台。来自台中县的高金素梅文化团队用一曲《分享庆丰收》唱出了大家的心声。

“很明显，两岸之间不管经济、文化还是旅游方面，都大大增进了，我相信第二届海峡论坛会更好，所以我们带来《分享庆丰收》。”高金素梅说。

作为晚会的一大亮点，著名京剧表演艺术家梅葆玖与台北新剧团团长李宝春联袂演出京剧《长生殿》，再谱梨园佳话。“我们的父亲63年前有过合作，此次跨海合作是再续前缘，更是两岸文化交流走向深化的一个侧面。”梅葆玖说。

晚会全长约70分钟。10多个表演节目中，台湾演员表演和参与的就有10个，熊天平、伍思凯、罗志祥、陶喆等台湾艺人依次登场。两岸歌手一唱一和，大陆、台湾艺术元素巧妙衔接，可谓星光璀璨、相得益彰。

在台湾歌手蔡琴深情款款唱出《今宵多珍重》后，宋祖英以一曲《踏歌起舞》为晚会画上圆满句号：“喜洋洋，情真真，意浓浓，乐陶陶，笑容容，步步高。你自豪我自豪，携手共创那美好幸福。”

两岸航空运输发展圆桌会议举行

6月20日下午，第二届海峡论坛两岸航空运输发展圆桌会议在厦门海峡会议中心举行。福建省人民政府副省长张志南、中国民用航空局副局长夏兴华出席，并致开幕词。两岸民航界及相关院校科研单位知名人士围绕“加强交流合作、扩大直航成果、加快海西建设”的主题进行深入讨论。

会议由中国民用航空局、福建省人民政府主办，海峡两岸航空运输交流委员会、福建省交通运输厅、厦门市政府协办。

据了解，会议上中国民用航空局将公布关于进一步促进海峡西岸经济区与两岸航空运输发展的政策措施。

□ 6月20日下午，第二届海峡论坛两岸航空运输发展圆桌会议在厦门海峡会议中心举行。

大陆航空业对台新举措契合两岸民众最为关注议题

在第二届海峡论坛两岸航空运输发展圆桌会议上，中国民航局6月20日宣布了进一步促进海峡西岸经济区与两岸航空运输发展的七条政策措施。两岸航空业界、学界和民众认为，此次出台的新举措，契合了两岸民众最为关注的议题。希望相关方面加快落实，让两岸民众真正享受到政策的“利好”。

此次出台的政策措施包括：闽台直航、先行先试，发展货运、增加航点，完善航路、保障直航，机场建设、加快发展，开放备降、确保安全，扩大交流、深化合作，两岸携手、培养人才等七大具体领域。

“两岸直航航点能否再多一点，班次能否更密集一些，价格能否更合理，最受台湾民众关注。”台湾媒体评论员陈彦伯说。

他指出，借由此次海峡论坛，两岸共同讨论与两岸民众生活息息相关的议题，解决直航票价高、航班少的问题，说明海峡论坛的确做到了聚焦两岸民生，倾听民声，两岸的交流也越来越生活化、务实化。

“高峰期，直航机票一票难求，台北飞厦门价格高达8000多元新台币，比‘小三通’价格贵了近一倍。”厦门大学台湾研究院经济所副所长唐永红指出，增加新的航班将缓解两岸直航机票紧张的问题，进一步推动两岸民众交流往来的常态化、便利化。

“在福建两航点投放20个航班以及建设闽台空中快线，有助于‘闽台一日生活圈’形成，航班一小时一班，早上到厦门上班，晚上就能在台北与家人吃晚饭，闽台两地将进一步融合。”唐永红说。

同时，七项新举措中还提出，将争取开通南线空中双向直达航路，实现真正意义上的空中直航。唐永红指出，南线真正实现截弯取直，将使得闽台的地缘优势在经济意义上得到体现，也有助于闽台航班的成本进一步降低。

厦门台商协会副会长陈志河认为，航空货运的便利，将大大促进闽台以及两岸的贸易往来。台商在岛内的原材料、配件、加工半成品也可以较低的成本运往大陆，促进两岸产业垂直分工布局。

第二届海峡论坛大会主持人、台湾节目主持人张启恺说："我最感兴趣的就是'空中快线'，如果每半个小时就有直航飞机对飞，两岸乘客都不需要花费更多时间等候，台湾民众往来大陆才会真正常态化。"

"关键是要将此次'利多'落实到具体，才能让民众感到实实在在的便利。"张启恺说，比如"空中快线"这一目标，福建就最有条件实现。

同时，两岸航空业者也指出，航空条件便利化，还需要相关配套基础设施的跟进。如台湾中华航空公司董事长魏幸雄就指出，航班投放数量增加，厦门、福州等大陆航点的机场容量基础设施必须相应扩大，才能跟上

□ 6月20日，夏兴华表示，欢迎台湾的机务维修人员报考大陆机务维修执照并来大陆工作。

航空运能的提升。

事实上，除了七项对台举措外，民航局局长李家祥20日上午还宣布，两岸航空业者已协商同意，将两岸航线票价降低10%至15%。

对此，台湾航空事务教育基金会董事长张国政表示，两岸直航路线开始调低票价10%到15%的额度，这是民航界给两岸同胞的“大利是”，必将引起民众的正面热议。

据民航局透露，2009年8月31日两岸定期航班开通至今年5月底，两岸航空公司共执行客运航班2万班，运送旅客360万人次，平均客座率为77.6%；共执行货运航班1178班，运输货物9.3万吨，平均载运率为79.5%。

民航局副局长夏兴华表示，目前大陆通航台湾的航点已经达到33个，近期还将开通大陆至台中等地的航班，实现增点扩线，客货并举。

两岸航空运输从台商春节包机、节日包机、周末包机常态，到实现两岸“三通”，定期化航班，每年一大步，年年有进步。夏兴华指出，“两岸直航所经历的每一个过程，都饱含着真诚推动两岸关系发展的各界人士的辛勤努力和心血，成果来之不易。”

夏兴华说，实践证明，直航不仅缩短了时间上的距离，更拉近了两岸同胞心理上的距离。两岸直航已成为加强和深化两岸经济合作，不断推动两岸关系和平发展中“最活跃、最积极、最具生命力的元素”。

民航局公布促进海西与两岸航空运输发展七条措施

第二届海峡论坛两岸航空运输发展圆桌会议6月20日下午在厦门举行。会议期间，中国民用航空局公布了进一步促进海峡西岸经济区与两岸航空运输发展的7条政策措施。

这些政策措施具体包括：

一、闽台直航，先试先行。对海峡西岸经济区与台空中直航给予政策支持，在两岸航空资源分配、航空业务、提升直航服务质量和通关效率等方面先行先试。在近期两岸每周各新增的50个航班中，各用增量20班专门支持厦门、福州与台湾直航，积极打造两地空中快线，共建两岸空中直航枢纽和重要通道，造福两岸民众。

二、发展货运，增加航点。支持海峡西岸经济区与台湾间航空货运业务的发展，已新增福州、厦门为两岸货运通航地点，支持两地客货并举，便捷通畅，共享直航。积极争取实现泉州、晋江机场为两岸客运直航包机航点，进一步促进两岸经济交流与合作。

三、完善航路，保障直航。两岸积极沟通，进一步完善海峡两岸空中双向直达航路，争取增辟海西至台湾的新航路，开通南线空中双向直达航路，实现真正意义上的空中直航，以扩大航班容量、缓解飞行拥挤、确保飞行安全与减少飞行时间、降低运营成本、减少碳排放、积极倡导绿色发展。

四、机场建设，加快发展。支持海峡西岸经济区空港规划建设，发挥中央、地方积极性，共同审定福建省民航发展规划。支持将海峡西岸经济区机场建设项目纳入国家民航布局及“十二五”（2011~2015）机场建设规划，完善两岸空中直航的设施条件，合理布局支线机场，支持开辟境内外新航线，形成以福州、厦门国际机场为主的干支线机场相结合的空港布局。

五、开放备降，确保安全。大陆方面愿再次重申：只要台湾方面有需要，无论是天气原因、飞机原因还是其他紧急情况，均可通过双方建立的有效沟通渠道，在对外开放的机场降落。大陆民航将一如既往，为台湾同胞和台湾的民航业者提供安全、可靠、方便、高效的服务，尤其是当厦门与金门间海上“小三通”因天气受阻时，可临时增加福建通航点与台湾间航班输送滞留旅客。

六、扩大交流，深化合作。两岸民航加强产业合作正逢其时，前景广阔。民航局将在以往宣布的若干惠台政策的基础上，继续采取开放的姿态，完善有关法规，鼓励、支持两岸民航在航空运输领域展开全方位、多渠道、深层次、多形式的交流合作，相互学习，取长补短，优势互补，提升服务水平，合力打造两岸黄金航线，实现互利双赢。同时建立强化航空飞行安全交流与保障合作长效机制，坚持安全第一，努力维护好、发展好两岸空中直航。

七、两岸携手，培养人才。民航局继续采取措施，充分发挥现有民航院校教育资源优势，深挖潜力，强化与台湾有关民航教育、研究等单位的联系，展开多形式的校际、校企交流与合作。继续做好联合培养民航适用人才，不断提升综合素质，增强竞争力。同时欢迎台湾学生考取大陆民航院校。允许台湾机务维修人员和机务维修专业的学生报考大陆机务维修执照，并鼓励其来大陆工作，开创事业，寻求发展。

本届圆桌会议由中国民用航空局、福建省人民政府主办，海峡两岸航空运输交流委员会、福建省交通运输厅、厦门市政府协办。两岸民航界近百位人士出席。

海峡两岸金融合作与发展研讨会在福州举行

作为第二届海峡论坛系列活动之一的“海峡两岸金融合作与发展研讨会”于6月21日在福州市隆重召开。

研讨会由中国人民银行福州中心支行、福建省人民政府台湾事务办公室和福州市人民政府联合主办。来自海峡两岸知名金融人士、专家、学者及福建省相关部门共计200多位嘉宾参与研讨，其中台湾地区与会嘉宾近80位。

此次研讨会以“加强两岸金融合作，共促海西经济发展”为主题，旨在搭建两岸金融同业合作平台，充分发挥海峡西岸经济区先行先试优势，汇聚两岸金融界专家的智慧和经验，进一步推动闽台金融合作取得更大成果。

研讨会分为主题演讲、专题介绍和互动交流三个阶段。在上午的主题演讲阶段，来自中国证券业协会、中国保险业协会、中国工商银行、交通银行及台湾证券交易所、台湾柜台买卖中心、台湾富邦金融控股股份有限公司、台湾国泰金控的专家就两岸金融合作与海西发展、两岸银行业合作、两岸证券市场的创新与规范，以及两岸保险业合作发表了主题演讲，嘉宾们在演讲中对推动两岸金融交流合作、促进海西经济金融健康发展提出了积极建议。

下午，福建省发改委、平潭综合实验区管委会相关领导，分别就海峡西岸经济区发展规划与先行先试政策、平潭综合实验区总体规划思路进行了专题介绍。两岸金融界通过听取介绍，较为系统深入地了解了海西区发展规划、建设进展以及平潭综合实验区发展前景。

两岸金融界人士还进行了面对面互动交流，与会人员一致期望，两岸今后能够轮流主办此类研讨会，增进共识和互信，为促进两岸金融业的合作与发展奠定良好的基础。

厦门拟建两岸区域性金融服务中心 两岸专家支招

6月20日，厦门获准建立两岸区域性金融服务中心的消息振奋人心。而在此之前，这个方向不仅一直是不少大陆专家、学者的构想，也是台湾金融业界的期待。究竟两岸金融服务中心能够做哪些事情，又会对厦门带来什么影响？记者采访了两岸的相关人士。

六大领域有先试空间

厦大台研院经济所副所长唐永红博士，一直致力于在海西设立两岸金融合作试点的研究，他认为这一政策对厦门、对海西来说意义非凡。

唐永红认为，如果建成两岸金融合作试点，那么厦门至少可以在六个方面有所作为。首先是推动厦台两地的金融企业互设机构、相互参股。台湾很多金融企业都在期待大陆放宽准入门槛，大陆在全面放开有困难的情况下，不妨先让这些企业进入厦门。二是可以拓展台资进入厦门的渠道和形式。目前“海峡投资基金”已经建立，两岸股权柜台交易平台正在推动中，厦门可以成为两岸产权交易的新热土。三是优先支持在厦门，在海西的台企进行融资。四是开展两岸跨境贸易，以人民币计价结算。唐永红透露，这项内容很快就能达成。五是在厦门试点进行人民币与新台币的双向兑换结算。具体来说，厦台两地的商业银行可以互设对方货币账户，同时可经小“三通”航线将厦门的新台币押送至金门，可以节省间接汇兑成本。六是在厦门试办对台离岸金融业务。这样银行可以承担比较少的税收，是一种比较自由、开放的金融交易方式。唐永红介绍说，目前国际上已经有不少离岸金融中心，厦门如果做得好，也可能跻身这个行列。

厦门整体产业布局将受益

唐永红指出，这一举措很可能对厦门的产业生态造成非常深远的影响。厦门成为两岸区域性金融服务中心，不仅对台湾的金融企业是个好消息，对厦门本地的金融业发展也是少有的契机。唐永红认为，厦门的金融业发展规模和服务水平相对比较弱，这次就是一个借机补强的大好机遇。

“金融业发展到一定高度，就会对第二产业带来积极有效的影响。第二产业会从中受惠。”在唐永红看来，生产制造业与金融业是厦门目前经济发展的两只羽翼，金融业的大发展会反哺制造业，为其提供优良的金融环境。而金融业带来的投资环境提升，也会对台企造成“好大诱惑”。不仅台湾金融企业会青睐厦门，台湾第二产业也会受利益驱使抢滩厦门。最后，成为两岸区域性金融服务中心，厦门在两岸金融交流中的地位也与目前不可同日而语。作为对台先行先试的试验区，厦门会成为台湾金融企业布局大陆的主要战场。“如果发展得好，厦门很可能成为两岸金融交流合作的龙头老大。”唐永红对厦门作为两岸区域性金融服务中心的前景非常有信心。

可试行 “差别准备率”

厦门成为两岸区域性金融服务中心，最高兴的恐怕就是台商了，不过台湾学界也是十分关注。

在北大任教的台湾经济学者霍德明曾提出过在海西实行 “差别准备率”的构想。他认为在厦门先行先试，让中小银行如厦门市商业银行的存款准备金率与大银行脱钩，从而降低中小银行的资金成本，就能很好地支持中小企业发展。霍德明认为，目前有普遍性的问题，大陆其他地方暂时还做不了的事情，由厦门来做更有意义。

台湾国际造船公司总经理李志城，在台湾金融界与学界也都有深厚背景。他认为，两岸金融合作要求对现有机制创新，但创新并不是目的，“如果说金融是根脉，那么产业才是枝干”。李志城强调，厦门如果想以成为两岸区域性金融服务中心为目标，就必须以服务第二产业为基本面向。

平潭旅游开放开发研讨会在福州开幕

由国家旅游局和福建省人民政府共同举办的海峡论坛平潭旅游开放开发研讨会于6月21日上午在福州市举行。国家旅游局副局长杜江、台盟中央秘书长张宁等出席会议。

本次研讨会以“平潭旅游开放开发”为主题，以两岸“共同规划、共同开发、共同管理、共同经营、共同受益”为目标，以打造具有国际竞争力的海岛旅游休闲胜地为重点，采用实地考察与专题研讨相结合的形式，组织专家学者共同研讨平潭旅游开放开发。

研讨会上，海内外100多位专家学者齐聚一堂，研讨关于平潭旅游开放开发发展模式和《平潭综合实验区旅游专项规划》，主要活动议题包括：平潭旅游开发的核心资源及潜力分析，平潭旅游产品定位及创新开发，平潭旅游开放开发合作机制构建，平潭旅游开放开发的发展模式及可行路径等。

杜江在发言中指出，福建与台湾隔海相望，闽台旅游合作具有得天独厚的优势，尤其是2009年5月，国务院公布了《关于支持福建省加快建设海峡西岸经济区的若干意见》，对包括旅游在内的两岸交流与合作实行更为灵活、更为开放的政策，为新形势下加强闽台交往增添了新的强大动力。福建适时设立福州（平潭）综合实验区，把平潭开发开放作为加快“海西”建设的重要抓手和突破口，并将旅游业列为平潭综合实验区的重点发展产业，这是具有战略意义的重要举措。

福建省副省长洪捷序在书面致辞中指出，近年来，福建省充分发挥与台湾之间的“五缘”优势，先行先试开展对台旅游交流合作，打造“海峡旅游”品牌，已经成为台湾同胞来大陆旅游的重点地区和两岸游客往来的便捷通道。平潭旅游发展潜力巨大、前景广阔，福建省正在按照打造国际旅游胜地的目标，编制平潭旅游专项规划，建立旅游合作开发机制，加快基础设施建设，为平潭旅游开放开发创造良好条件。此次研讨会的召开，将有力推动平潭综合实验区的旅游发展。

本次研讨会是第二届海峡论坛的重要活动之一，是深化两岸旅游交流的重要举措。

两岸信众湄洲岛共谒妈祖开启第二届海峡论坛序幕

6月18日中午，由台湾32家妈祖宫庙的350余名妈祖信众代表组成的进香交流团，搭乘“海洋拉拉”号客轮从台中港直航抵达妈祖故乡福建湄洲岛，与千余名大陆乡亲一起步行至妈祖祖庙“谒祖进香”，共同感受妈祖信俗内涵，第二届海峡论坛活动的序幕也由此拉开。

台湾大甲镇澜宫信徒代表吕庆村曾于2006年和父亲同来湄洲岛参加妈祖祭祀大典，他认为，妈祖文化是两岸同胞共同的传统文化，尤其是妈祖信俗申报世界非物质文化遗产后，妈祖信徒交流越来越频繁。“今年是我第三次来这里给妈祖敬香，以后过来的机会会更多。”

75岁高龄的台湾嘉义县新港奉天宫监事周茂林，是第一次乘坐直航客轮抵达湄洲岛，他来过福建45次，回忆23年前第一次来湄洲岛谒祖进香的辗转，就更加感慨直航的便利。

“今天到湄洲岛只要花4个小时，省了不少时间，也减少了以往一路的辗转劳累，交通方便了，两岸妈祖文化的交流也多了，两岸同胞的感情也越来越深了。”周茂林说。

湄洲岛当地群众用地方风俗——踩街，来欢迎远道而来的同胞，一名装扮成“大头娃”的莆田妈祖信众说，我们特别用地方的风俗文化欢迎台湾同胞，希望让台湾同胞更多地了解妈祖的故乡，共同传承和弘扬中华优秀传统文化。

台湾妈祖文化交流会会长郑铭坤告诉记者，这次台湾进香交流团有部分人是台湾的村、里长，“海峡论坛带来两岸民间最真实的沟通交流，加深了彼此的了解，让两岸的交流向更基层延伸。”

与郑铭坤有着同样感受的还有湄洲岛管委会主任唐炳椿，他认为，台湾妈祖信众专程从台中港直航湄洲岛参加海峡论坛活动，反映了台湾民众对加强两岸交流交往的要求和愿望，也体现了两岸民间组织、基层民众参与论坛活动的主动性和积极性。

妈祖是台湾民众最普遍信仰的神明，在台拥有信众1600多万人，每年赴湄洲拜妈祖的台胞多达15万人次。见证闽台深厚“五缘”渊源的妈祖文化，已经成为海峡两岸基层民众情感交流的重要桥梁和纽带。用妈祖文化活动开启本届海峡论坛序幕，也进一步凸显了论坛“扩大民间交流、加强两岸合作、促进共同发展”这一主题。

民间香火不断
两岸从“妈祖”寻找共鸣点

6月18日，莆田湄洲岛上，天空阴沉而吹起风，但这没有阻挡住台湾妈祖信众前来谒祖进香。护驾台湾妈祖神像的数百位来客列队齐整，一抵妈祖祖庙，迎接他们的便是喜庆的鞭炮声和缕缕香火。

这不是台湾客人第一次来。1987年10月，台中县大甲镇澜宫的代表不顾当时台湾当局的阻挠，冒险经日本前往湄洲岛进香，率先打破“坚冰”，在台湾、港澳民众和海外华侨、华人之中产生不小反响。

□ 6月18日，两岸妈祖信众沿途举行民俗文艺踩街活动，共同感受妈祖信俗内涵。

自2000年以来，每年都有10万人次以上台湾民众前往湄洲谒祖进香。2006年9月，台湾4300多名信众与大陆台商、妈祖信众组成7000人进香团，赴湄洲拜谒妈祖。2009年2月，台湾妈祖信众在两岸基本实现“三通”后，首次从台湾直航湄洲岛祖庙进香。同年5月，台湾妈祖信众直航湄洲进香，开启首届海峡论坛之幕。

妈祖在两岸民间香火不断，这是历史传承使然。妈祖作为民间神祈、护航海神，自宋、元、明、清等几代传播迄今已历千年以上，形成庞大的妈祖宫群。

妈祖信仰是台湾社会的主要民间信仰，据统计，台湾自大陆分香的妈祖宫庙超过2000座，信众多达1600多万人，占台湾人口的2／3。这一信仰已经构成台湾民众社会心理的一大组成部分，深深影响台湾民众日常生活和思维方式。

如今，两岸妈祖文化交流日益活络，香火未断而是走旺。推动这一趋势的力量，除了民间草根的旺盛需求与历史情愫，也可看出两岸政要从“妈祖”寻找共鸣点。

2006年1月，胡锦涛在福建考察时说，80%以上台湾居民的祖籍在福建，闽南话也是台湾的主要方言，闽南文化、客家文化、妈祖信仰、歌仔戏、南音等都深深地扎根在台湾民众精神生活当中，福建要运用这些丰富资源，在促进两岸交流合作中更好地发挥作用。

2009年7月，贾庆林会见台湾妈祖联谊会代表团时说，妈祖文化是中华优秀传统文化的组成部分，是两岸同胞的共同财富。两岸同胞是一家人，希望两岸共同继承和弘扬妈祖文化，使中华文化薪火相传，发扬光大，为深化两岸民众的交流，为推动两岸关系和平发展，为实现中华民族伟大复兴作出积极的贡献。

这些表态显见，大陆领导人意识到妈祖文化对于台湾民众的重要性，有针对性地让福建发挥独特作用，对台湾民众待之以共同的民间信仰，体现出对台湾民众的尊重。不止于此，大陆领导人更着眼中华文化传承与推动两岸关系和平发展的高度，看待妈祖文化和两岸妈祖信众交流。

在海峡的对岸，台湾当局领导人马英九今年已是连续四年出席大甲妈祖绕境。这是台湾岛内妈祖信众每年都要举行的盛大活动。他希望妈祖保佑台湾风调雨顺，让台湾大发展，给台湾美好未来。

妈祖信仰列入“人类非物质文化遗产代表作名录”后，马英九曾经说，妈祖文化已经成为具台湾特色的中华文化。今年3月，他又期勉宗教团体推广提倡中华文化。

台湾要大发展，显然离不开两岸关系和平发展。台湾当局和岛内许多有远见的政治人物早已认识到这一点。因此，大陆领导人打出“妈祖牌”推动两岸关系发展，实际上为台湾大发展创造有利的大环境。而“中华文化”则是两岸政要谈起妈祖时显而易见的“共同语言”。

如果说，上述这些共鸣着眼于宏观层面，而两岸政要对妈祖精神的赞赏，则是一种极富人情味的共鸣。

2009年3月，台中大甲镇镇澜宫妈祖庙兴建儿童家园，收容失依儿童，马英九对宗教团体教化人心、照顾济助贫弱，表示感动在心。此后，他又一次提到，相当敬佩镇澜宫不但是宗教圣地，还效法妈祖“闻声救苦”、积极投入慈善事业。

国台办主任王毅2008年第一次到了湄洲岛，让他对妈祖文化有了更为清晰的认识。2009年7月，他会见台湾妈祖联谊会参访团时便有感而发：“妈祖被誉为海上和平女神，两岸很多民众都是崇拜、敬仰她。妈祖精神就是热爱和平、扶危济困、慈悲博爱、无私奉献。我确实感受到妈祖文化体现了中华民族的传统美德……”

香火旺盛的湄洲岛妈祖庙，迎来送往了一批又一批的台湾信众，这里还将继续见证两岸从高层到民间合力推动两岸关系和平发展的动人故事。

海峡影视展映展播周揭幕
十余部两岸佳作献映

以“传承弘扬优秀中华文化，合作发展两岸影视产业”为主题的“第二届海峡论坛·海峡影视展映展播周”活动6月20日在厦门拉开帷幕。两岸影视界嘉宾150余人出席此次活动，共同为两岸影视产业的合作发展献计献策。

在展播展映活动首映式前的“明星走红地毯仪式”上，大陆著名导演冯小宁、知名演员郭达、台湾著名演员寇世勋、台湾金钟影帝庹宗华以及两岸影视业界知名人士逐一亮相，仪式及首映式由央视当红影视主持人瑶

□6月20日，第二届海峡论坛海峡影视展播周暨两岸影视制作业峰会在厦门举行。

淼主持。

本届影视展播展映周期间将展映《听说》、《追击阿多丸》、《金门新娘》等十余部两岸优秀的影视作品，其中台湾电影《听说》曾入选第46届台湾金马奖提名。同时，由冯小宁执导、郭达主演的电影《追击阿多丸》还将在活动期间举办发布会。

此次活动除安排展播展映两岸优秀的影视剧和电视文艺片外，还将举办两岸电视媒体合作和影视制作业合作发展论坛、两岸影视合作洽谈项目推介等活动，旨在集中展示两岸电影、电视业的发展成果，推动两岸影视业的大交流、大合作、大发展。

两岸影视制作业峰会举行 共推合作大计

第二届海峡论坛的重要配套活动——两岸影视制作业峰会6月21日在漳州举行。

本次活动以“传承弘扬优秀中华文化，合作发展两岸影视产业”为主题，吸引了来自两岸的100多家影视机构，200多名业界代表参加。

本次峰会上，两岸嘉宾将共同探讨推动两岸影视业合作，促进两岸节目交流，影视产业发展等课题，并积极推动有关合作框架协议的签订和实施。

两岸61家影视制作企业、项目单位代表和100多名专家，6月21日“会师”福建漳州，就47项两岸影视合作项目展开洽谈。在当天举行的“第二届海峡论坛·两岸影视制作业峰会”上，两岸业界现场达成签约项目3个，分别是电视剧《佛光》、《天演惊雷》和电影《为我而来》，签约总金额达到5400万元人民币。

出席是次峰会的嘉宾还就促进两岸电视节目交流合作、影视产业合作发展等课题展开“对话”。

国家广电总局港澳台办副主任曹寅介绍说，近年来国家广电总局先后发布了一系列惠及台湾业界的政策，包括促进两岸合拍电视剧、鼓励台湾同业人员来大陆制作节目，以及从事有线电视技术服务等，得到了台湾业界的积极反应。

“两岸影视制作业峰会作为海峡论坛新增设的项目，表明广播、电影、电视作为传播中华文化、传播两岸资讯的重要载体，在增进两岸沟通方面有着非同寻常的地位和作用。两岸影视制作业峰会的召开将进一步增进两岸影视业界之间的了解，推动两岸影视的共同发展。”

台湾中华广播电视节目制作商业同业公会理事长汪威江介绍说，两岸之间的影视活动与日俱增，交流与合作也有傲人的成绩，尤其在2009年更创下了许多记录。目前两岸影视业只满足了内需市场，两岸之间还要进行更多、更全面的交流与了解，提升双方制作方向。“两岸合作要强势改变，强势改变就有机会。改变要代价，但停止不动、裹足不前的代价可能更大。加强国际观，加强国际竞争能力是此次峰会的最根本问题。”

此次论坛由国家广播电影电视总局、福建省人民政府和台湾中华广播电视节目制作商业同业公会联合主办，漳州市广电局协办。国家广电总局港澳台办副主任曹寅，国台办新闻局局长杨毅，台湾中华广播电视节目制作商业同业公会理事长汪威江，台湾中华演艺总工会理事长陈桓浩等两岸嘉宾出席了峰会开幕仪式。

两岸出版业呼吁深化合作层次
共谋海外华文市场

作为第二届海峡论坛的重要配套活动，海峡27城市新闻出版业发展论坛6月20日正式登场。来自台湾7个城市，8个新闻出版行业协会的130多位台湾出版业嘉宾与会。两岸出版人在论坛上迫切呼吁，希望进一步丰富合作形式，深化合作层次。

新闻出版总署副署长邬书林在致辞时表示，出版交流是两岸交流合作各领域中开展较早、效果较为显著的一个方面。20多年来，两岸出版交流从间接到直接，从单向到双向，从一般交流到实质性合作，取得了突破性进展。

邬书林指出，两岸经济合作框架协议（ECFA）的商谈已经取得显著进展，在大部分问题上取得了共识。相信随着ECFA的签署，两岸新闻出版业界的交往必然更加密切，合作必然更加深入。两岸出版业界要借此良机，充分发挥各自优势，在图书、报纸、杂志、印刷、发行、数字出版等各个领域进行全面深入的交流合作。

邬书林强调，信息技术特别是数字化正在对出版业的发展产生革命性影响，知识和信息的生产、传播方式已发生深刻变化。海峡两岸同文同宗，一脉相承。希望两岸出版业界准确把握出版业的发展趋势，发挥好出版功能，提升华文出版在世界出版业中的地位，努力提升中华文化在人类文明进步中的话语权，在促进经济和社会发展中争取出版业的更大发展，进一步提升中华文明在世界上的影响力。

台湾图书出版事业协会理事长陈恩泉回顾了两岸出版交流中具有里程

碑意义的时间点后表示，两岸出版业一路走来取得的成绩令人鼓舞。

台北出版商业同业公会理事长李锡东呼吁两岸出版界应该用更开阔的视野关照双方的合作，他认为，两岸出版项目不仅要有“短平快”的短期合作，更要有深入的长期项目，如联手购买海外版权，不仅可以共同分担成本，还可以更广泛的拓宽海外市场。

来自大陆的海峡出版发行集团总经理张瑞州透露，两岸共同投资的海峡书局股份有限公司目前正在筹建中，他表示，这种吸收台湾资金入股，共同经营管理，共同投资、共担风险，共享利益的模式可以更好地挖掘双方潜力，利用两岸资源，拓展两岸市场，满足两岸民众需求。

来自台湾图书发行协会、台湾印刷暨机械材料同业公会、台湾杂志事业协会、台北报业商业同业公会的相关代表也在论坛上进行了发言。大家一致认为，只有建设完善交流平台，利用两岸优势互补，创新合作模式，深化合作层次，携手提升华文出版物品质和影响力，才能让华文作品在海外市场上有更大的话语权，最终达到中华文化的繁荣和复兴。

本届海峡27城市新闻出版业发展论坛的主要议题是加强两岸交流与合作，携手发展新闻出版业。参加论坛的代表分别来自海峡西岸的福建、广东、浙江、江西四省的20个城市和台湾的7个重要城市（台北、高雄、基隆、台中、台南、新竹、嘉义）。

国台办交流局局长李维一、福建省新闻出版局党组书记陈秋平、新闻出版总署出版管理司司长吴尚之、新闻出版总署港澳台办主任谢爱伟、台湾图书发行协进会理事长李振善等两岸嘉宾出席了论坛。

共组海峡书局
两岸出版合作迎来全新突破

两岸出版业交流合作经过20多年的发展，合作模式将迎来全新突破。以整合两岸文化资源，促进海峡两岸图书出版业交流合作为目标的“海峡书局”目前已进入紧张筹建阶段，这一合作实体不仅开创了两岸出版合作的新模式，更有望成为两岸图书出版业交流的最大平台。

记者6月20日从海峡论坛配套活动——“海峡27城市新闻出版业发展论坛”上获知，由海峡出版发行集团与台湾出版业共同企划、共同投资、共同建设、共同管理、共同受益的海峡书局股份有限公司目前已经进入工商注册阶段。

□ 6月20日，福建连城县举办海峡传统油漆画展，受到爱好传统油漆画台胞的青睐。

海峡出版发行集团总经理张瑞州透露，两岸出版合作已走过了单纯的版权贸易阶段，正在积极探索更多元、更紧密的交流合作模式。

据介绍，两岸合作的“海峡书局”由海峡出版发行集团控股，同时吸纳台湾和部分大陆出版、发行单位资金入股。“海峡书局”将通过建立营运共同作业平台，有效整合两岸文化资源，进行文化产品的出品、发行、物流配送、进出口业务、版权代理、版权贸易、参展活动、专题讲座、营销宣传的一体化运作，统一各项出版文化资源，面向全世界华文市场，拓展华文出版产业。

而对台湾出版界来讲，这种合作无疑是一种巨大利好。有台湾业者就表示，台湾出版业期盼直接投资大陆出版业由来已久，直接参股大陆出版公司，是台湾出版业改变目前惨淡局面的一个重要渠道，这种合作是众望所归。

对于两岸出版业这种创新的合作模式，新闻出版总署和福建省政府皆给予积极支持。据悉，“海峡书局”在成立后将获准开展发行、版权代理、版权贸易和印刷复制等业务；连锁经营业务、总发行业务；并可以版权合作方式与台湾出版业界合作出版1至2种弘扬中华传统文化的期刊。

两岸中医药界海峡论坛再聚首
共商发展与合作大计

作为第二届海峡论坛的重要配套活动，2010海峡两岸中医药发展与合作研讨会6月20日下午在厦门开幕，两岸中医药界专家学者及企业界知名人士共约300人，就如何加强两岸中医药交流合作、促进两岸中医药互利共赢等深入探讨，总结成果、交流经验，共商两岸中医药发展与合作大计。

卫生部副部长、国家中医药管理局局长王国强认为，通过近些年来的交流与合作，两岸中医药产业形成了以下共识：第一，发展中医药要始终坚持以中医药理论为指导，按照中医药的特点和规律办事；第二，发展中医药要为建立可持续的医药卫生体系做出贡献；第三，发展中医药必须要坚持面向基层、面向民众、进家入户。

国台办交流局副局长何岚菁在致辞时说，两岸同胞一脉同根，信中医、用中药，对中医药文化的信赖和发展已经融入到健康的理念中。中医药文化是两岸炎黄子孙的宝贵资产，两岸中医药发展各有优势，互补性强，两岸携手不仅会促进两岸中医药产业的发展，也可实现互利共赢，还可以促进中医药文化走向世界。

福建省卫生厅副厅长阮诗玮认为，两岸中医界携起手来共同探讨中医药文化的发展和传承，对建设具有特色的新医学、新药学体系产生和发展具有重要意义。

厦门市副市长叶聪周介绍了近年来厦门与台湾在加强中医药发展与交流方面的成就。特别是海峡两岸中医药发展研究中心成立以来，为推动中医药应用研究、基础研究、临床研究做出了很多贡献。

台湾“工研院”生物医药研究所所长留中正认为，中医药产业具有广大的市场与经济效益，建议两岸在中医药人才培养、市场推广方面可以加大交流。

本次研讨会为期两天，由国家中医药管理局和厦门市人民政府共同主办。研讨会还设立了海峡两岸中医医院院长论坛，还将启动海峡两岸中医药科研平台，举行中医药项目签约仪式。

海峡两岸中医药发展与合作研讨会创设于2006年，已在厦门成功举办了4届，成为两岸交流合作重要的会议交流平台。

两岸同歌手拉手
第三届海峡两岸合唱节福州举行

6月19日晚间，由福州市委宣传部，鼓楼区委、区政府，市文化局共同主办的“激情广场激情夜、两岸同歌手拉手”第三届海峡两岸（福州）合唱节大型联谊活动在福州温泉公园举行。

联谊活动上，5 支台湾合唱团与大陆合唱团手拉手同歌“两岸情”，两岸合唱团共同为观众奉献了一场视听盛宴。《外婆的澎湖湾》、《阿里山的姑娘》、《踏浪》等一首首为两岸同胞所熟知的民谣歌曲竞相上演，在台湾著

□ 6月20日，来自台湾的少数民族舞蹈表演团体载歌载舞为第二届海峡论坛大会助兴。

名音乐家吴孟雍的激情指挥下，一首《月亮代表我的心》在同胞们的口中传唱，掀起了晚会的高潮。

继去年11月第二届海峡两岸合唱节在台湾台中成功举办后，第三届海峡两岸合唱节作为今年第二届海峡论坛系列活动之一，又回到了福州举行，台湾永和爱乐合唱团、南荣青少年合唱团、新竹市立混声合唱团、静宸合唱团、金门合唱团跨海而来，与大陆15支合唱团从18日开始，展开为期四天的以歌为媒、以歌会友、以歌传情的合唱活动。这一切都在传递着一个信号：两岸合唱队、两岸人民的爱心传递在继续，永不停歌。

第四届海峡两岸客家高峰论坛在福建龙岩开幕

第四届海峡两岸客家高峰论坛6月21日上午在客家祖地福建龙岩隆重开幕，海峡两岸关系协会副会长王富卿、台湾中华海峡两岸文经交流会理事长饶颖奇及福建省政府、龙岩市委相关负责人出席开幕式。

海峡两岸总共580多名嘉宾应邀参加本届论坛，其中台湾嘉宾人数占48%，分别来自岛内主要客属社团及文教、经贸、青年、基层组织。

全国人大常委会副委员长许嘉璐先生、国民党荣誉主席吴伯雄先生、台湾海峡交流基金会董事长江丙坤先生等分别给第四届海峡两岸客家高峰论坛发来贺词或贺函，高度评价论坛在沟通两岸、深化交流方面起到的重要作用。

以弘扬客家文化、促进海峡两岸交流为主旨的海峡两岸客家高峰论坛自2006年创办以来，已分别在北京、厦门和台北成功举办三届。本届论坛主题为“深化交流、合作共赢”，与会嘉宾将就两岸客家人共同关心的话题进行主旨演讲、专题交流。

客家祖地喜迎台湾乡亲

以“深化交流、合作共赢”为主题的第四届海峡两岸客家高峰论坛在福建龙岩举行，客家祖地迎来200多名台湾乡亲。中华海峡两岸客家文经交流协会理事长饶颖奇作为主办方代表，在开幕式上致辞时深深一鞠躬，向来宾和朋友表示敬意，向工作人员表示感谢。

饶颖奇说，这届论坛在我们客家人的故乡龙岩市隆重举行，我内心充满兴奋之情，因为这是我的家乡。近乡情怯，但是我想我们就轻松地跟在自己家里一样，回到家里和家里人来谈一谈。

海峡客家高峰论坛从2006年11月创办，已成功举办三届，“一次比一次隆重，出席的人员一次比一次多，目前已经广为人知，并受到几乎全部客家人的关注。”饶颖奇表示，作为主办方代表之一，感到十分欣慰。

饶颖奇还向参加论坛的嘉宾和朋友表示了最大的敬意和热烈的欢迎，并对辛勤筹备论坛的工作人员表示深深的感谢。他说，“我要深深的鞠躬来感谢大家。”说完，饶颖奇向台下的与会人员深鞠一躬，真诚的态度赢得热烈掌声。

台湾大学客家研究中心主任邱荣举带领台湾大学10人一行参加了本届论坛。在论坛大会现场，邱荣举教授接受我网专访时表示，两岸客家交流是两岸交流的重要组成部分，大陆客家发展很有优势，两岸要互补合作加大推广力度让世界了解客家，关注客家，推动客家文化的传播与经济产业的发展。

据了解，邱荣举教授致力于客家研究已经20余年。他介绍说，目前台湾地区客家人大约有600万，是台湾第二大族群。近年来，有关部门对客家的发展也越来越重视，客家族群也逐步呈现出自己的文化特色，成为不可忽视的力量。大陆是客家的发源地，闽粤赣地区是客家的大本营，台湾的客家基本上是从粤东、闽西来的，彼此有一脉相承的地缘关系，因此一定要加强两岸客家的交流。

2010年1月底，邱荣举教授曾带领台湾大学客家学与两岸发展研究团一行18人到永定土楼考察交流，受到当地政府及研究机构的热情接待。在交流中，台湾大学代表团和永定客家研究会产生合作意向。5月上旬，永定县委书记毛高良一行赴台参访考察期间，又专程到台湾大学拜会，双方就如何加强两岸客家文化交流与合作进行研讨。据了解，本届海峡两岸客家高峰论坛期间，邱荣举教授将代表台湾大学客家研究中心与永定客家研究会签订合作协议，这也意味着双方今后在文化与经济等方面将会有更多的交流与合作。

邱荣举教授认为，目前大陆的客家发展走在前列，无论是在学术研究和旅游观光产业发展等层面都有很大优势，总体来看，大陆优势更多发展更快，他自身近年来也致力于加强和大陆客家的合作，希望两岸客家人能够优势互补，共同将客家文化推向世界。

他说，客家土楼是两岸客家文化交流最大的亮点之一。目前来看，发展观光旅游与文化创意产业应该是传播客家文化、发展客家经济的最佳途径。

台湾问题专家李非，分析指出：两岸经济合作领域将从生产层面转向服务层面，合作形式将出现台资企业本地化趋势，并预测未来10年台商投资重点将向中部地区转移。

回顾两岸经贸交流历程，李非表示，台湾已有过三波产业转移，分别是以轻纺行业为代表的劳动密集型产业、以石化行业为代表的资本密集型产业、以电子技术行业为代表的技术密集型产业。他认为，当前日趋热络的两岸经贸交流是经济全球化的反映，体现在产业链上就是台湾处于设计阶段、大陆处于加工阶段，同居中间生产环节，两端的技术、研发和品牌、营销，仍然掌握在发达国家手中。

“为了寻求产业链上的更多话语权，同处中间环节的两岸业界正在积极进行合作。”据李非分析，两岸经济合作的领域和对象、合作形式将出现新的特点。

“合作领域将从生产层面转向服务层面；合作对象将从中小企业主导转向大企业主导；合作形式将出现台资企业本地化趋势，行政管理人员、产品销售市场、生产原料供应和企业资金筹措等方面都将趋于本地化。”

李非特别指出，台资都是跟随大陆经济发展热点而动，随着大陆对中部地区经济发展的日益重视，两岸经贸合作地区将出现从南到北、由东向西扩展的趋势。他预测，未来10年台商投资重点在中部地区。

纪念朱熹诞辰880周年
两岸共同弘扬朱子文化

今年是朱熹诞辰880周年，作为第二届海峡论坛重要活动之一的第三届武夷山朱子文化节6月21日在福建武夷山市开幕。来自海峡两岸的知名人士、朱子文化研究专家学者齐聚武夷山，共同弘扬朱子文化。

台湾亲民党秘书长秦金生、台湾新竹县县长邱镜淳等两岸嘉宾出席开幕式并致辞。

第三届武夷山朱子文化节以“人与自然和谐”为主题，举办朱子名人论坛、朱子之路精品旅游线路推介会。前来参加文化节的两岸嘉宾将同走朱子之路，参观考察、朝圣谒祖、恳亲联谊。

开幕式后，“海峡两岸经贸文化交流合作座谈会”、“海峡两岸乡际农业交流合作座谈会”和“海峡两岸校际交流合作座谈会”等活动相继登场，南平与台湾县市、乡镇、学校展开对口交流。

据悉，由中华炎黄文化研究会、中国社会科学院哲学研究所、福建省文化厅、福建社会科学界联合会、南平市人民政府、台湾朱氏联合会等单位共同主办的本届文化节，将一直持续到今年10月底。期间，将在北京、南平、台湾及日本等地举办一系列形式多样、内涵丰富的主题活动，包括10月22日朱子诞辰880周年之际，举办朱熹诞辰880周年纪念仪式暨《朱熹诞辰880周年》纪念邮票首发式、朱熹铜像落成典礼及千名学子吟诵朱子家训等活动，将文化节推向高潮。

两岸少数民族载歌载舞
尽显民族融合一家亲

6月20日晚，宁德市艺术馆外一片灯火辉煌，红地毯、欢迎条幅、夜景灯、迎宾花篮……此刻的艺术馆是一片欢乐的海洋，海峡两岸少数民族联谊交流会联欢晚会在这里上演，两岸少数民族同胞在这里汇聚，共同演绎了一场精彩绝伦的文化盛宴。

一壶醇厚的米酒，让两岸同胞心心相印；一杯香甜的米酒，让两岸同胞情有独钟。畲族姑娘们在场上捧着米酒、唱着畲歌《迎宾酒》，欢迎台湾同胞的到来。

□6月18日晚，来自台湾的高金素梅文化团队在第二届海峡论坛晚会上精彩演绎民族歌舞节目。

台湾少数民族人文舞蹈团表演的民族舞蹈《欢乐在海西》、《海峡庆丰收》展现了两岸少数民族民俗、经济与人文的融合与互动。

高金素梅率领的南投仁爱中学表演的赛德克族史诗歌舞为两岸观众们讲述了赛德克族的石宿传说。舞蹈《新嫁娘》展现了畲族年轻人的热情奔放与忠诚。台湾少数民族歌手演唱的《你是我的玫瑰》，温柔的歌声迷倒了台下观众。畲族的一曲《三哈情歌》更将善良与美丽展示得淋漓尽致。

联欢晚会民风淳朴、乡情浓郁。由台湾的高金素梅演出团、陈士章演出团与宁德畲族歌舞团同台献艺，以“我们是一家人”为主题，两岸演出者载歌载舞，尽显两岸少数民族大联欢的欢乐气氛。晚会现场更成为两岸少数民族联谊交流的大舞台。

一道美丽的台湾海峡，连接着血脉相连的两岸同胞；一轴深情的团圆画卷，展现着骨肉相依的中华渊源。海西与海东，地缘相近，有着同样的青山绿水，同样的鸟语花香；宁德和台湾，人缘相亲，有着同样的物华天宝，同样的地灵人杰。“两岸一家亲，同胞一家人。齐心盼统一，携手创辉煌！”晚会在主持人响亮而又动情的一席话语中落下帷幕。

海峡两岸少数民族文化保护与产业发展座谈会在宁德召开

第二届海峡论坛之海峡两岸少数民族文化保护与产业发展座谈会6月21日在宁德市隆重举办。座谈会由全国台联主办，宁德市人民政府承办，省民宗厅、省台联、省文化厅协办。此次活动的主题是“扩大两岸民族交流，促进宁台共同发展”。

中华全国台湾同胞联谊会会长梁国扬先生在开幕致辞中指出，两岸少数民族是中华民族大家庭的重要成员，少数民族文化是中华文化的重要组成部分，是中华文化百花园中的奇花异葩，我们要保护好少数民族文化，使之世世代代传承下去；同时，还要使之发扬光大、历久弥新，这是海峡两岸同胞的共同责任。

中共宁德市委书记陈荣凯先生代表335万热情好客的宁德人民，向莅临大会的各级领导、各位专家和台湾同胞，表示热烈的欢迎！ 陈书记重点向与会嘉宾介绍了宁德的五大优势：港口岸线富集、区位优势独特、山海资源丰富、生态环境优美、人文底蕴深厚。

大陆与台湾同文同种、一衣带水，两岸文化也是同根同源，一脉相承。加强文化交流有利于进一步增强台湾与大陆同根同祖、同源同流、同心同德的认同感，有利于使两地在交流中了解、融合、创新和发展。宁德民族风情浓郁，文化博大精深，有畲、回、壮、满、苗、傣、布依等28个少数民族近20万人，其中畲族人口18万人，占全国的1/4、福建省的1/2，是全国畲族人口最多、分布最广、历史最悠久的畲族聚居地。

来自海峡两岸的11名专家、学者，围绕闽台少数民族文化交流、福建畲族与台湾盘兰雷钟姓氏历史渊源，以及闽东畲族传统文化保护等内容作主旨演讲，共有300多人参加座谈会。

在座谈会后，宁德霞浦县三沙镇与台中沙鹿小区，宁德市上金贝村与台湾花莲县丰滨乡丰滨村、宁德蕉城区八都镇猴盾村与南投曲冰部落、宁德市中华畲族宫协会与台北市蓝姓宗亲会进行乡镇对接签约。

当天下午，与会嘉宾在参观中华畲族宫之后，前往位于宁德市蕉城区的金涵乡上金贝村参观考察。热情的畲族村民们唱畲歌、奏畲乐，跳起欢乐的《枪担舞》，用最隆重的迎宾仪式欢迎远到而来的贵客。随后进行的霍童线狮、上刀山、下火海、武术表演等一场场地地道道、原汁原味的畲族民俗风情表演，进一步展现宁德畲族聚集地的风土人情。

通过举办系列活动，两岸少数民族的互动交流得到了进一步加深，使两岸少数民族文化在交流互鉴中共同发展，在传承创新中共同进步，使畲族文化成为两地加强交流合作的精神纽带，通过畲族文化为载体，不断加强两岸少数民族的交流与互动。

国际开漳圣王文化联谊大会开幕

作为开漳圣王及部署后裔回漳谒祖系列活动的组成部分，第三届国际开漳圣王文化联谊大会6月18日下午在漳州开幕，来自两岸及东南亚部分国家的开漳圣王文化研究专家学者、台湾开漳圣王及后裔和信众代表、相关庙宇负责人的600多人参加了开幕式。

国际开漳圣王文化联谊大会由漳州市开漳圣王文化联谊会、台湾开漳圣王庙团发展协会和新加坡保赤宫于2006年共同发起主办，是以缅怀开漳圣王丰功伟绩、弘扬开漳圣王文化、进一步扩大开漳圣王影响为主题的国际性联谊会，每两年召开一次。

2006年10月与2008年5月，国际开漳圣王文化联谊大会曾在新加坡、台湾宜兰成功举办两届。与前两届相比，本届规模更大、参与范围更广；台湾方面，台湾开漳圣王庙团发展协会率23家开漳圣王宫庙330多人参加大会；新加坡、马来西亚、泰国等东南亚有较大影响的漳籍华人华侨社团也组成3个团组40多人参加大会。多位来自两岸及东南亚国家的知名专家学者也前来与会，其中包括多位台湾“中研院”研究员。

漳州市主要领导、两岸及海外开漳圣王信众及相关庙宇负责人在开幕式上发表演讲，两岸四座宫庙也在开幕式上签约“结对子”，成为“兄弟庙”，漳台两地开漳圣王“兄弟庙”由此达到12对。开幕式后，大会还举行了开漳圣王文化国际学术研讨会，在开漳圣王故地，30多位台湾、福建、河南以及东南亚地区的专家学者共同研讨开漳圣王文化。

唐朝初年，陈元光奉诏开发闽粤，促进中原文化与闽越文化融合。祖孙六代前仆后继，献身闽粤，励精图治，历一百五十余载，可谓世系蝉联，满门忠烈，遗爱万民，历代屡有封赠，清追封高封祀典开漳圣王。多年来人们为“开漳圣王”立庙奉祀，香火如昔。由此形成播衍海峡两岸及东南亚广大地区的开漳圣王文化。目前，“开漳圣王”信众超过2000万人，其中台湾信众近500万人。

福建漳州与台湾“十姓百村”成功联谊对接

正在福建举办的第二届海峡论坛期间，两岸“十姓百村” 6月19日下午在漳州成功联谊对接。漳台两地宗亲代表欢聚一堂，共叙亲情。

“十姓百村”宗亲对接活动是以台湾知名人士的“著姓”、迁台后代较多的“大姓”和特殊族群代表的“特姓”为重点的十大姓氏宗亲，与漳州相关姓氏宗亲对接；漳台各50个村建立对口交流。

这是当天召开的第四届漳台恳亲大会的主要成果。其中，南靖县梅林镇梅林村与台北市魏氏宗亲会、漳州郑氏宗亲会与台北郑氏宗亲会、漳浦县石榴镇攀龙村与台北县板桥市林氏宗亲会、龙海市东园镇东园村甘氏与台南县仁德乡田厝村甘氏、平和县国强乡与宜兰县罗东镇、南靖县金山镇霞涌村与台湾萧氏宗亲会、诏安县官陂镇与云林县张廖简氏总会、漳浦县官浔镇西北村与台南市白河镇现场进行对接签约。

出席是次恳亲大会的福建省、漳州市官员，“开漳圣王”陈元光及其部属后裔代表、台湾漳籍同乡会代表、台湾宗亲代表约50人见证了这一盛事。漳州市政府副市长刘文标介绍说，举办此次的活动旨在为进一步发挥祖籍地优势，加强漳台两地宗亲往来，增进沟通合作，推动两地经济与文化交流。

台湾高雄福建同乡会常务理事、高雄闽南同乡会常务理事陈国鑫认为，漳台两岸同胞本是一家人，希望两岸同胞能够把握此次的机会推动两岸之间的民间交流，使两岸关系更加密切。

台湾道教协会代表陈荣盛说，“我们都是炎黄子孙的后代，血脉相连，在 5000 多年的历史长河中，我们曾一再成为世界的焦点，在世界各地开创了许多令人骄傲的事迹。今天宗亲们再次齐聚一堂，我们应该要更加的团结、精诚合作，共同开创美好的明天。”

本次恳亲大会还举行了《根·源》（又名“台湾人根在漳州”）书籍发行仪式，《根 · 源》对漳州人过台湾、开发台湾的历史进行了研究阐述。

据介绍，2010年5月，漳州组织了王、方、甘、李、庄、朱、吕、吴、陈、杨、林、罗、张、廖、游、黄、萧、彭、谢、蓝、简、蔡、薛等23个姓氏宗亲组成的5个组团73人，赴台参加了福建省在台湾台南市举行的两岸宗亲交流暨姓氏族谱展。此前，漳州市已举办了漳台族谱对接成果展览、开通漳台族谱对接网站等，加强了漳台宗亲交流。

漳州是台湾同胞的主要祖籍地、台湾文化的发祥地。目前台湾2300多万人口中，祖籍漳州的有1000多万人。

海峡两岸体育交流大赛在泉州开幕

6月19日上午，第二届海峡论坛两岸体育交流大赛开幕式在泉州市侨乡体育馆举行。国家体育总局副局长杨树安，福建省人大常委会副主任庄先，台湾省体育会理事长郑锦洲，中华台北奥委会副主席吕威震，泉州市委副书记、市长李建国，福建省体育总会主席徐正国等领导和嘉宾出席开幕式。

在运动员代表和裁判员代表宣誓后，活动主持人宣布海峡两岸体育交流大赛开幕。随后进行的精彩的武术、文艺演出将气氛推向一次又一次高潮。来自两岸民间和体育团体表演的舞狮、少林武术、街舞、大型民族舞等节目既表现了民族文化，也传达了两岸和平发展的讯息。

第二届海峡论坛两岸体育交流大赛，于6月19日至24日在泉州侨乡体育馆举行“两岸体育交流大赛和传统武术交流大赛”，本次大赛以“同根同源，以武会友”为主题，届时，来自福建的武术团体和个人，大陆其他省份的武术团体和个人，以及台湾地区选手共700多人（其中台湾选手300人），将共同角逐“福建南拳、器械、对练；太极传统拳、器械、对练；其他拳术（含竞赛类）”等项目比赛。同时，本次大赛还于6月19日至26日先后在泉州、厦门、莆田、福州等地举行一系列精彩纷呈的活动。

本次交流大赛不仅总体人数、层次超过以往任何一次闽台体育交流，而且在项目交流的广泛性上形成综合效益。第一届海峡论坛体育交流活动仅有武术一项，教育、运动训练、大型赛事等仅在理论上进行了探讨，而本届体育交流大赛在规模上有所扩大，现代竞技项目和传统体育项目都进行了多方位的探讨、交流和实践活动。大赛新增的桥牌联谊赛，得到了两岸相关人士的热烈呼应和踊跃报名。武术交流在更广泛的基础上进行。这些都实质性地促进了闽台体育文化交流的突破和拓展。

本次论坛由福建省体育局主办，海峡两岸体育职业技术学院，福建省体育科学学会联合承办。论坛持续三天，来自省内外以及台湾地区的知名体育学府校长、教授，体育科研机构专家和学者等80余名体育界知名人士参加学术论坛。

两岸专家、学者将主要将就促进两岸体育教育、体育科研交流与合作，进行深入讨论，总结两岸在体育教育、体育科研方面所取得的成果，并对当前院校体育人才培养、发展，体育科研推进，体育资源共享等先进有效的经验、方法、手段进行广泛交流，并将综合采汇相关论文、学术成果、专家意见等编辑完成《海峡两岸体育学术论坛论文汇编》。

本届“海峡两岸体育学术论坛”以海峡论坛为有利契机，为海峡两岸体育教育、科研权威人士提供了一个交流沟通、携手合作的平台，以“促进海峡两岸体育教育、体育科研交流与合作”为主题，以期共同推进两岸体育事业发展与进步，是一次两岸高规格的体育教育、体育科研学术的交流与合作活动。

青春跨越海峡
第八届海峡青年论坛在厦门开幕

作为第二届海峡论坛重要组成部分的第八届海峡青年论坛6月19日上午在厦门隆重开幕。来自两岸四地的500多名专家学者、青年精英相聚厦门，共同交流思想、共谋合作发展。中华全国青年联合会主席王晓、福建省副省长洪捷序、中华青年交流协会创办人李钟桂等出席开幕式并致辞。

本届论坛以“和谐社会与青年发展”为主题，通过论坛主旨演讲、两岸青年社团负责人圆桌会议等活动，围绕创意产业、两岸金融合作、企业家的社会责任等议题进行了深入研讨。

福建省副省长洪捷序在开幕式上表示，当前两岸关系的和平发展为两岸青年提供了施展才华、实现理想抱负的广阔舞台。希望两岸青年借助海峡青年论坛的平台，在两岸交流合作中当先锋、做表率，围绕共同关心的话题，坦诚对话，真诚交流，达成更多共识，共同推动中华民族的伟大复兴。

中华青年交流协会创办人李钟桂博士在致辞中说，海峡青年论坛是一个有历史、有基础、有成果、有贡献的论坛。今年的海峡青年论坛创下了两个“第一”。过去的七届青年论坛都是在福州举办，今年首次移师到了风景宜人的厦门；通过八年来社会各界的不断努力，本届论坛无论从参与人数上还是范围上都达到了空前。希望两岸青年朋友不断努力，为创建和谐社会作出贡献。

中华全国青年联合会主席王晓表示，海峡青年论坛是一次跨越海峡的青春握手，海峡两岸青年之间有着同祖的亲情文化，同根的历史文化以及同龄的时尚文化，要不断加强两岸青年之间的交流与合作。同时，青年发展对社会发展起着重要的推动作用，要充分重视青年的求学就业等问题，加强对青年的合作权益保护，不断推动青年的社会化进程。

本届海峡青年论坛由中华全国青年联合会、中华青年交流协会、中华青年创业协会总会共同主办。

海峡两岸青年社团负责人举行圆桌会议探讨合作

6月19日，作为第二届海峡论坛系列活动之一的海峡两岸青年社团负责人圆桌会议在福建厦门举行。

第八届海峡青年论坛举行期间，海峡两岸的青年社团负责人召开了圆桌会议。

两岸四地的31个台湾青年社团、5个香港青年社团、2个澳门青年社团和9个大陆青年社团的负责人出席会议，就深入沟通两岸青少年交流的经验作法展开探讨，谋划进一步的合作发展。

会议由全国青联副秘书长陈琳主持。会上，两岸青年社团就多个青年交流项目分别签订8个合作备忘录。

□6月19日，海峡两岸青年社团负责人圆桌会议在厦门举行。

其中，中国青少年发展服务中心与社团法人台湾青少年多元发展协会就开展“民族之光”海峡两岸少年儿童民族文化交流活动，厦门市青年联合会与中华青年交流协会就举办两岸大学校园歌手邀请赛达成合作意向。

两岸侨联和平发展论坛举行

6月20日下午，第二届海峡论坛之两岸侨联和平发展论坛在厦门海悦酒店举行。本届论坛以“情系两岸侨胞福祉，共谋闽台侨乡发展”为主题，两岸华侨同胞约350人参与此次盛会。据悉，两岸侨联和平发展论坛是今年首次被列入海峡论坛中的活动。

本次和平发展论坛为期四天，由中华全国归国华侨联合会和台湾侨联总会共同主办。论坛期间，与会领导及嘉宾将分别围绕两岸侨联组织的角色、以侨联台同心编制侨乡蓝图、促进两岸海外侨团“与聚同化”、两岸侨乡应是两岸人民的侨乡等多个主题进行发言。

两岸侨联和平发展论坛创建于2005年，台湾侨联总会首次组团参访大陆，成功地打破了50多年来两岸侨团互不往来的僵局。至今连续举办四届的和平发展论坛，已经成为两岸侨联沟通、交流的重要平台。

中华全国归国华侨联合会副主席董中原此间表示，海峡论坛是加强两岸民间交流的一个重要平台，已经举办四年的两岸侨联和平发展论坛正式列入海峡论坛，充分说明两岸侨胞已经成为两岸民间交流中极具活力和发展潜力的组成部分。

在回顾两岸侨联组织的发展时，董中原表示，2008年以来，经过两岸双方的共同努力，两岸关系发生了重大而积极的变化，呈现出和平发展的良好势头。作为两岸民间交流的重要组成部分，两岸侨界的交流也有很多新的进展。

2009年6月，以林军主席为团长的中华全国归国华侨联合会代表团首次访问台湾，实现了中华全国归国华侨联合会赴台访问的“破冰之旅”，与台湾侨界进行了广泛而深入的交流，就共建“和谐侨社”达成了许多共识。董中原认为，当前，两岸侨界的频繁往来与密切合作，充分说明两岸侨界已经成为两岸民间交流中极具活力和发展潜力的组成部分。

为进一步深化两岸侨联组织的交流合作，会上，董中原还就两岸侨联组织的交流、管理提出了如下四点建议：

第一，紧紧围绕两岸侨胞根本利益，继续推动两岸关系和平发展。董中原表示，两岸关系和平发展的良好势头来之不易，他希望两会组织把促进两岸关系和平发展作为共同责任，引导两岸侨胞聚同化异，为两岸关系和平发展增添积极因素。

第二，坚持以侨为本、为侨服务的宗旨，进一步加大维护侨益的力度。董中原认为，两岸侨胞是促进两岸关系和平发展的重要力量，两岸侨联组织应广泛听取侨胞的意愿和呼声，努力为广大侨胞多做实事，多办好事，共同为深化两岸经济交流合作、推动两岸关系和平发展作出更大的贡献。

第三，着眼海外侨胞长远生存与发展，促进其积极融入当地社会。董中原希望，两岸侨联组织应倡导广大海外侨胞继承和发扬中华优秀文化，用自己的辛勤劳动和诚信经营赢得当地人民的信任和尊重，为当地经济发展和社会进步贡献智慧和力量。

第四，积极搭建平台，切实促进包括闽台侨乡在内的两岸经济文化建设。董中原表示，推进闽台侨乡的发展，既是造福侨胞的举措，也是两岸经济合作的要求。他希望两会抓住海峡西岸经济区这一机遇平台，引导和影响社会各界关注侨乡发展，支持侨界社团和海外侨胞积极投身侨乡经济文化建设，为两岸侨胞谋取更多的利益和福祉。

简汉生寄语侨界
打破旧观念促成中华民族团结复兴

6月20日下午，第二届海峡论坛之两岸侨联和平发展论坛在厦门举行，台湾侨联总会理事长简汉生出席大会。简汉生呼吁，两岸海外侨团应打破过去旧的观念，顺应两岸关系的改善，促成中华民族的团结复兴。

“这是侨界第一次参与海峡论坛”，已经连续举办四届的两岸侨联和平发展论坛今年正式列入海峡论坛，这让身为台湾侨联总会理事长的简汉生兴奋不已。他表示，随着两岸华侨人数的增多，侨界交流将在两岸交流中发挥越来越重要的桥梁作用，两岸侨胞将成为两岸民间交流中极具活力和发展潜力的组成部分。

连续参加两届海峡论坛的简汉生，对海峡论坛的举办给予了高度的评价。他认为，两岸大交流、大合作、大发展贵在深入基层，贴近民众。海峡论坛能够吸引包括台湾25个县市，30个界别的代表汇聚于此，正是因为其草根性、代表性的准确定位。

作为台湾侨联总会理事长，简汉生长年致力于台湾侨联总会的发展以及两岸侨联组织的交流与合作。由他参与推动的2005年台湾联合总会首次组团参访大陆，打破了50多年来两岸侨团互不往来的局面。

简汉生现在最大的理想，是在海外真正营造和谐的侨社。他坦言，由于历史的原因，多年来海外的台湾侨社和大陆侨社之间处于“老死不相往来”的局面。他呼吁，两岸海外侨团应打破过去旧的观念，顺应两岸关系的改善，以促成中华民族的团结复兴。两岸侨社不仅要开始互通有无，也应该互助互惠，团结一致，共体时艰。

简汉生始终坚信，两岸侨团的交流是有益于两岸侨胞的。前不久，吉尔吉斯斯坦撤侨行动就给简汉生留下了深刻的印象。他相信，如果当时有台湾侨胞需要撤出，大陆也一定会伸出援手。同时，他也表示，有大陆侨胞需要帮助的时候，台湾侨胞也会义不容辞。

在谈到台湾侨联总会和大陆各地交流活动时，他坚定地表示，侨联总会坚决反对“台独”主张，我们希望两岸能够和平发展，互利互惠，共创双赢。所以在过去这两年多的时间里，我们跟中华全国归国华侨联合会以及各省市侨联都有非常多的交流机会，成效非常好。

据悉，台湾华侨联合总会成立于1952年，与海外传统侨团有着较深的渊源，它的成员来自全球60多个国家和地区的重要侨区和侨社，是台湾最大的涉侨民间团体之一。

林军：两岸侨界交流合作前景广阔

两岸侨联和平发展论坛召开期间，中国侨联主席林军接受中新网记者采访并表示，已经举办四届的两岸侨联和平发展论坛今年融入到海峡论坛之中，并成为两岸侨界交流的重要平台，两岸侨联合作交流前景广阔、大有作为。

两岸侨联和平发展论坛6月20日至23日在厦门召开，共邀请了300名台湾同胞与会，其中来自岛内的归侨170名，来自海外13个国家和地区的台湾同胞130名，并有三分之一的嘉宾是青年朋友。

本次论坛的主题是“情系两岸侨胞福祉，共谋闽台侨乡发展”，林军去年到访台湾及近期欧洲的中国侨联顾问委员年会上均倡导推进侨社和谐。

他说，“最近我去了西班牙、希腊和法国考察侨情，三个国家有三种侨情，以希腊为例，大部分在当地创业的侨资是温州人，在金融危机的背景之下，希腊侨界非常团结、和谐，拧成一股绳前进。”

林军表示，和谐侨社关键在两条，一是增进交流以促进不同民族的了解，和睦相融，是构建和谐侨社的基础；二是增进沟通以促进海外侨胞的共识，求同存异，是推进侨社和谐的关键。

海峡职工论坛开幕
探讨两岸经济合作与职工交流

以“两岸经济合作与职工交流”为主题的2010年海峡职工论坛6月20日下午在厦门开幕，来自海峡两岸工会和劳动界的200余名代表围绕论坛主题开始了为期两天的交流探讨。

中华全国总工会书记处书记王瑞生、福建省总工会主席郑道溪等出席开幕式并致辞，欢迎台湾工会与职工代表前来与会。王瑞生在致辞时表示，两岸职工是两岸经济社会发展的主力军，也是支持两岸关系和平发展的中坚力量，要更加有力地促进两岸职工的大交流与大合作。郑道溪则表示，希望海峡职工论坛能紧跟两岸关系和平发展的大趋势，更好地倾听民声、汇集民智、凝聚民意、聚焦民生，成为两岸民间交流的一个新的重要平台。

海峡两岸劳工发展交流协会理事长侯彩凤代表台湾与会人员对大陆方面的细心安排表示感谢，她并表示，在当前环境下，两岸工会应紧密合作，努力为职工争取权益。

近百名来自全台湾各主要工会的代表参加了论坛，据悉，其中多数代表是第一次来福建。明日起，他们将与中华全国总工会、福建省总工会和九个设区市总工会，以及福建部分县级工会的代表一起参观福建特色景观与代表性企业，在亲密互动中加深了解和认识。

海峡职工论坛是第二届海峡论坛系列活动之一，由中国职工交流中心主办，福建总工会承办，旨在为两岸职工搭建一个合作交流的良好平台。

从妈祖到小天使：两岸从“共同追忆”走向“共同生活”

6月21日上午，作为第二届海峡论坛的活动之一，40多名海峡两岸青少年在福州美丽的西湖之畔正式开始“和平小天使，两岸手拉手”的行程，宝岛来的小天使们将走进普通福州市民家庭做客，体验闽都生活。

“‘和平小天使，两岸手拉手’是两岸最早、持续时间最长的青少年交流活动。”台湾中华企划人协会副秘书长刘世欣说，自1992年起，几乎每年都有大陆和台湾的小学生组团来往两岸，甚至互做主人请对方到自己家中吃住。

台湾学生翁林宇是第一届两岸和平小天使的代表，在19日晚举行的第二届海峡论坛开幕式综艺晚会上，他同数百名两岸小天使登台表演了合唱《同是一个梦》。翁林宇说：“通过两岸小朋友的纯真交往，让两岸年轻一代互相沟通和了解，两岸原本是一家人。”

两岸文化“一脉相承、相互交融、你中有我、我中有你”。海峡两岸关系协会副会长张铭清表示，两岸共有的传统文化是海峡两岸人民同根、同祖、同缘不可分割的文化见证和情感纽带，是海峡两岸民众共有的“精神家园”。

第二届海峡论坛期间，妈祖文化节、开漳圣王文化节、郑成功文化节等先后举行，海峡两岸共同的信仰、共同的历史文化让两岸同胞聚在福建，共同感受“两岸同根缘、两岸一家亲”。

前来福建莆田湄洲岛为妈祖敬香的台湾大甲镇澜宫信徒代表吕庆村说：“我是第三次来莆田，2006年曾和父亲一起来这里参加妈祖祭祀大典。妈祖文化是两岸同胞共同的传统文化，尤其是妈祖信俗成为世界非物质文化遗产以后，妈祖信徒交流越来越频繁。”

“在编写丛书的过程中，我深深感受到了两岸之间深厚的历史文化渊源。”《作家笔下的海峡二十七城》历史文化丛书编者、两岸台商杂志社社长刘台平说，基于共同的文化，近年来海峡两岸交流越来越密切，并开始迈向常态化、生活化。

刘台平说，海峡论坛是两岸最大规模的民间交流活动，从这次活动中能明显感受出来，两岸交流不仅仅停留于对过去历史的共同追忆，而是越来越生活化，两岸小天使们手拉手活动就是一个纽带，两岸同胞开始从“共同追忆”走向“共同生活”。

在大陆相继获得本科、硕士、博士学位的福建中医药大学台湾籍教师高嘉骏，因其“大陆高等院校首次录用为大学教师的台湾学生”的特殊身份，一直是媒体关注的焦点。“两岸交流日益频繁，特别是福建在台湾学生来大陆就业方面先行先试，为我在这里就业提供了机会。”高嘉骏说，“2009年成为大陆的一名大学教师后，除了教好书、搞好科研工作之外，我也将努力成为学校与在校台生之间沟通的桥梁。”

一方面是台湾学生来大陆读书就业，一方面是大陆学生赴台读书，两岸教育交流热络。福建农业职业技术学院学生李艳于2009年9月赴台湾中州技术学院学习一年。李艳说：“在台湾近一年的学习生活十分愉快，我们与台湾学生共同生活、共同听课，一方面增进了对台湾的了解，同时也感觉自己的自学能力、独立思考能力、实践能力等方面都得到了很大的提高。”

台湾木铎学社名誉理事长陈汉强表示，台湾职业教育师资过剩，台湾少子化现象造成高等及中等职业教育资源过剩、职业学校招生不足，而大陆现在正在大力发展职业教育，两岸职教交流可以发挥互补的作用。

不断缩短的交通距离，更是给两岸人民“共同生活”提供了便利。在此间举行的第二届海峡论坛之两岸航空运输发展圆桌会议上，厦门大学台湾研究院经济所副所长唐永红说：“在福建两航点投放20个航班以及建设闽台空中快线，有助于‘闽台一日生活圈’形成，航班一小时一班，早上到厦门上班，晚上就能在台北与家人吃晚饭，闽台两地将进一步融合。”

厦门大学台湾研究院教授李鹏指出，在两岸关系和平发展的新局下，除了民族、历史、血缘、文化等方面强调两岸同胞已经是血脉相连的“命运共同体”之外，更为重要的是实实在在地去建构两岸人民之间的“生活共同体”。

一路欢笑再聚首
历届两岸和平小天使游福州古巷

6月21日下午，历届两岸“和平小天使”再聚首，共同参观了地处福州市中心的三坊七巷。三坊七巷被建筑界誉为规模庞大的“明清古建筑博物馆”。这片方寸之地和整个中国的近代风云紧紧联系在一起，有的坊名、巷名就可看出当年的风姿和荣耀。

在导游的讲解下，“小天使”们兴致勃勃地参观了福建古建筑，也欣赏了富有人文气息的民族工艺品和路旁商铺琳琅满目的现代工艺品，在参观游览过程中，他们纷纷合影留念，一路上不时传来开怀的笑声，惹得路

□ 6月18日下午，海峡两岸和平小天使合唱团成员在厦门国际会展中心排练间隙欢聚在一起。

人驻足微笑。

由全国台联、全国少工委、台湾中华企划人协会主办的海峡两岸和平小天使互访交流活动，自1992年开始至今，历时18年，已经举办了12届。两岸小天使你来我往的互访机制，促进了两岸少年儿童的相互了解，增进了友谊。此次小天使的再聚首是该活动举办以来人数最多，规模最大的一次。当年的和平小天使很多已经成长为社会的中间力量和两岸交流的热心人士，他们的聚会不仅是对18年来海峡两岸少年儿童交流的一次回顾，更凭借海峡论坛这个两岸民间交流的大平台，增进两岸青少年对于两岸和平与友谊的共识和美好希冀。

海峡两岸妇女交流暨创业创新成果博览会举行

6月18日，由全国妇联主办的海峡两岸妇女交流活动暨妇女创业创新成果博览会，借助在福州举行的第8届中国海峡项目成果交易会的平台同期开幕。全国人大常委会副委员长、全国妇联主席陈至立出席并宣布博览会开幕。

全国妇联举办海峡两岸妇女交流活动暨妇女创业创新成果博览会，是进一步促进祖国大陆和台港澳妇女共襄合作、共谋发展的一次重要活动，也是全国妇联贯彻落实国家海峡西岸经济发展战略、展示妇女创业创新成就的一项重要举措。

此次海峡两岸妇女交流活动将进一步增进两岸妇女姐妹的了解和友谊，为共享资源、优势互补、创业创新搭建合作平台，进一步彰显两岸妇女姐妹自强不息、勇创新业、奋发进取的时代精神。

妇女创业创新博览会以“巾帼创新业、和谐促发展”为主题，融手工编织、科技创新和低碳生活于一体，集中展示蕴含新工艺、新创意、新材料、新生活的当代妇女创业创新项目成果，妇女手工编织精致秀美的创意文化和妇女传承非物质文化遗产的无穷魅力，彰显妇联组织配合政府在促进妇女创业就业中发挥的积极作用。

福建、黑龙江等20多个省份参与了妇女创业创新成果展示。博览会期间，全国妇联与福建省妇联共同组织科技对接项目49项，涉及现代农业开发、生物医药、环保技术、资源综合利用等10多个领域。

中国工程院院长周济，福建省委书记孙春兰，全国妇联、财政部、科技部、人力资源和社会保障部等部门的有关负责人以及来自香港、澳门、台湾的125名妇女代表出席并参观了博览会。近期，全国妇联还将在厦门、上海等地举办海峡两岸妇女交流、论坛及女书法家作品展等活动。

海峡两岸女书法家作品展在厦门开幕

6月20日上午，海峡两岸女书法家作品展在厦门隆重开幕。中国书法家协会理事、福建省书法家协会副主席、福建省女书法家协会会长陈秀卿为活动专题创作了“海峡两岸妇女交流活动”锦绣长卷，近200名来自海峡两岸的女书法家和台港澳嘉宾汇聚一堂，畅叙亲情共谋发展，并在锦绣长卷上签名留念。

文韵丹青写精湛，翰墨飘香姐妹情。作为海峡妇女论坛文化交流的重要活动，海峡两岸女书法家作品展以加强两岸女书法家的交流与合作，弘扬中华传统文化为主旨，邀请两岸女书法家共同为海峡妇女论坛的开幕交流创作，两岸女书法家创作了70多幅作品参与展览，其中台湾女书法家参展作品20幅。同时展出的还有马祖文化书刻艺术。

作品展由福建省妇联副主席陈允萍主持，中国书法家协会理事、福建省书法家协会副主席、福建省女书法家协会会长陈秀卿女士，台湾女书法家代表张素佾女士、中国书法家协会海峡两岸创作交流基地主任、厦门书协顾问陆凤彬先生分别在作品展上致辞。

开幕式后两岸女书法家和嘉宾们兴致勃勃地参观了作品展。

海峡妇女论坛开幕
陈至立辜严倬云等出席

以“推动两岸合作，促进和谐发展”为主题的海峡两岸妇女交流活动暨海峡妇女论坛6月20日下午在厦门举办，全国人大常委会副委员长、全国妇联主席陈至立，台湾中华妇女联合会主任委员辜严倬云等出席。两岸各界妇女代表共500余人参会。

作为第二届海峡论坛“民间民众嘉年华活动”的重要组成部分，本次活动着眼两岸合作共赢，着眼海峡西岸先行先试，突出民间交流和民众参与两大特色，聚焦妇女民生、汇集妇女力量、增进姐妹情谊、推动合作发展。

论坛邀请了台港澳的400多名妇女姐妹围绕台湾妇女就业与创业概况、两岸妇女创业与经济发展新趋势、推动厦台旅游合作打造海峡旅游品牌、和谐社会妈祖文化、共建平潭综合实验区等议题进行研讨。

全国妇联副主席、书记处第一书记宋秀岩出席开幕式。台湾中华妇联总会主任委员辜严倬云，台湾中华妇女会总会理事长李仁人，台湾中华妇女会理事长蔡铃兰，香港福建社团联会副主席、妇委会主任柯达权，澳门福建妇女联谊会会长谢路生分别在开幕式上致辞。

本次海峡妇女论坛是第二届海峡论坛“民间民众嘉年华活动”的重要内容。论坛邀请了台港澳的400多名妇女姐妹围绕台湾妇女就业与创业概况、两岸妇女创业与经济发展新趋势、推动厦台旅游合作打造海峡旅游品牌、和谐社会妈祖文化、共建平潭综合实验区等议题进行研讨。

台湾中华妇女联合会总会理事长蔡玲兰表示，第二届海峡论坛集合了两岸各界人士近万人与会，凸显了两岸各界对论坛的高度重视，为两岸搭建桥梁、增加了解、促进合作、共创双赢，具有重要意义。

蔡玲兰认为第二届海峡论坛特点突出，作用明显。活动吸引了两岸各界人士及海内外多家媒体的参与和关注，参与人数超越上届；两岸经济、文化等万名各界人士参会，参与活动人员的层面更广；议题涉及医药、妇女权益、两岸直航等各方面，内容更加深入和全面，符合目前两岸发展需要。

蔡玲兰认为海峡论坛作用明显。两岸各界人士可以通过海峡论坛这个平台认识朋友、寻找商机，桥梁功能显著；两岸的青年、妇女等各界人士在论坛面对面交换彼此的经验与想法，不仅能联络双方的情感，也能增加对彼此的了解；同时论坛请来了两岸各界人士，进一步讨论两岸和平发展、产业合作的前景，对于促进双方合作起了积极作用。

蔡玲兰认为海峡论坛对未来两岸携手合作、共创双赢有非常重要的意义，也对两岸关系的和平、稳定、繁荣与发展，有巨大的贡献。

台湾中华妇女总会、台湾中华妇女会、香港福建社团联会妇委会、澳门福建妇女联谊会等参会。

第四届海峡妇女论坛福州分论坛召开

由福州市妇联举办的“第四届海峡妇女论坛·福州分论坛”6月21日下午在于山堂隆重召开。

来自高雄市、高雄县各界妇女嘉宾，福州市在榕部分女台商和台商眷属，部分女企业家，专家学者，各县（市）区妇联主席及妇干代表100多人欢聚榕城，凝聚共识、寻求合作共谋发展。市委常委、统战部部长王玲出席论坛并致欢迎词。市人大副主任赖昌贤、市政府副主席林治良出席了座谈会。福州市妇联主席陈晔担任论坛主持。

王玲在致辞中指出，福州与高雄历史渊源深厚，文化习俗相通，特别是今年4月福州高雄实现了直航，为两岸经贸和民间往来带来了更加蓬勃的生机。

此次论坛以“海峡姐妹携手共促和谐发展”为主题，意在加强两岸女企业家和各界妇女交流。她希望两岸姐妹能够通过这一平台，共同分享经验，让更多的台湾同胞尤其是女性同胞了解福州、熟悉福州、宣传福州，增进了解和友谊；两岸妇女团体能够继续加深了解，密切合作，在推进两岸经济文化及各领域的交流合作中发挥更加积极的作用。

高雄市妇女会理事长吕许淑叶、高雄县妇女会理事徐林素卿分别代表高雄市、高雄县妇女会致辞。吕许淑叶指出，两岸妇女正在日益摆脱传统观念的束缚，自主、自动地争取平等的权利和发展的机会，我们应该经常多举办一些两岸妇女交流研讨沟通的活动，相互借鉴两岸妇女发展的有益经验，进一步促进两性平等、谋求妇女的全面发展。

之后，闽江学院理事学系教授薛菁博士做了题为《女性在闽台交流合作中的地位》的主旨发言，两岸各界妇女代表围绕论坛主题先后做了发言。在本次论坛上，福州市妇联与高雄市妇女会签订了友好交流意向书，同时互赠纪念品。这是继去年 5 月与高雄县妇女会签订友好交流意向书之后的又一次姐妹城友好对接。

孙春兰黄小晶会见辜严倬云女士一行

6月23日，福建省委书记孙春兰、省长黄小晶在福州会见了辜严倬云女士一行。

辜严倬云是近代著名思想家严复的孙女，已故前台湾海基会董事长辜振甫先生的遗孀，从小生长在福州，后随母赴台。辜严倬云此次来闽是出席海峡妇女论坛相关活动的。

孙春兰对辜严倬云女士的到来表示热烈欢迎。她说，长期以来，辜严倬云女士虽然从小离家，但对家乡始终怀着深厚的感情，为推动两岸交流交往做了大量卓有成效的工作，我们深感敬佩。这次又慷慨解囊，援助遭受强降雨袭击的我省灾区，我们衷心感谢。孙春兰指出，两岸同胞的经常沟通交流是进一步增进感情、共同发展的基础。妇女在推动社会发展、构建和谐家庭中发挥着特殊的不可替代的作用。希望通过两岸姐妹们常来常往，积极推动两岸关系和平发展。我们欢迎辜严倬云女士常回家看看，发挥在两岸的独特影响力，推动闽台交流合作。

辜严倬云感谢福建省的热情接待。她说，回到自己的故乡感到非常亲切。特别是重回故居三坊七巷，看到祖父故居保护得很好，看到家乡如此繁荣，我由衷的高兴。两岸同祖同宗、血浓于水，希望两岸同胞常来常往，增进了解，加深感情，共同努力为中华民族争取更大光荣。

聚焦产业经管交流
第四届海西科技论坛泉州开幕

主题为“加强科技创新，服务中小企业”的第四届海西科技论坛暨寰宇生产力产业经管交流论坛6月21日上午在泉州隆重开幕，来自两岸三地生产力促进机构、科技企业、创业投资企业、高校科研院所等500名代表将围绕论坛主题展开深入交流探讨。

福建省科技厅副厅长杜民担任开幕式主持人。泉州市副市长林伯前、香港生产力促进局副总裁宋兆麟、台湾“中国生产力中心”董事长许胜雄、中国生产力促进中心协会理事长石定寰出席论坛开幕式并致辞。中国生产力促进中心协会常务副理事长耿战修在开幕式上宣读了科技部、国台办关于大陆台资企业转型升级试点工程的批复及关于成立中国生产力学院（泉州）的批复。

福建省科技厅副厅长杜民在主持签约仪式时介绍，第四届海西科技论坛共签约33个项目，其中两岸合作项目共15个，签约总金额为11.6亿元人民币。

台湾“中国生产力中心”董事长许胜雄出席论坛开幕式并致辞，他表示，这次论坛提出的一个重要概念就是怎样让中小企业拥有更好的经营和竞争能力。本次论坛不只在技术层面、管理层面对中小企业进行协助，还通过提供创投（即风险性投资），带动中小企业成长所需的一些基础资源。

“两岸间通过技术和资金交流得到双赢，这一机制毫无疑问已得到了很好地体现。”许胜雄说。

许胜雄表示，海西经济区的建设对于广大台商来说是个好消息，两岸中小企业都面临转型升级的问题，对台商而言，海西经济区将会是一个很好的发展平台，包括泉州在内的海西经济区将成为台商来大陆投资的一个新的重要窗口。

谈到两岸商签经济合作框架协议（ECFA），许胜雄表示，两岸签订ECFA，能让两岸的产业互动跟投资的平台更公开、更透明化。“过去都是大陆吸引台商到大陆投资，现在随着两岸产业合作的发展，台湾也让更多大陆企业能够到台湾投资。两岸签订ECFA，当然会对两岸的经济互补互利，取得双赢，具有更积极的影响。”许胜雄如是说。

为了深入贯彻落实国务院《关于支持福建省加快建设海峡西岸经济区的若干意见》及福建省政府《关于发挥科技支撑作用，促进经济平稳较快发展的意见》精神，共同推进泉州市科技创新体系建设，充分发挥科技在经济结构调整和服务民生中的支撑引领作用，促进泉州经济平稳较快发展，加快海西经济区建设步伐，福建省科学技术厅和泉州市人民政府决定建立科技工作的厅市会商制度。

本届论坛会期为两天，与会代表将围绕论坛主题，以“企业管理与咨询诊断”、“管理创新模式”、“技术创新与产业联盟”、“创业投资案例分析”等专题进行讨论。

同台竞技共展风采
两岸大学生在厦门比拼职业技能

6月20日下午，来自台湾23所科技类高校和大陆36所应用型本专科高校的800多名师生相聚厦门理工学院，参加在此间举行的“海峡两岸大学生职业技能大赛暨创新成果展”。这是迄今为止两岸高校联合开展的规模最大的赛事交流活动。

这次技能大赛暨创新成果展由福建省教育厅主办，为期4天，是第二届海峡论坛的新增主体活动之一。本次比赛以“携手向未来”为主题，旨在通过本次活动深化两岸高校师生间的友谊与交流。

□6月21日，来自台湾的师生参观位于福州长乐的中国文学巨匠冰心文学馆。

据介绍，本次活动共分为职业技能大赛和创新成果展示两大部分。技能大赛比赛项目包括数控编程、发动机拆装、导游、商务策划等11个项目，涵盖工学、管理、经济等学科领域，比赛项目覆盖面广、操作性强、观赏性高。通过“以赛促教、以赛促学、以赛促练”的方式，有效地促进了两岸学子技能水平的提高。

大学生创新成果展览区则以实物和图片的方式展示两岸大学生的各类科技创新成果和创意作品，有躺着驾驶的汽车，会说话的机器人，不用水的洗衣机，会唱歌的淋浴头等等，同学们的奇思妙想都在展台上变成了现实。此外，传统书画、篆刻、签字设计、现场漫画、剪纸、沙画表演、魔术、茶艺、调酒、西点制作、立体剪裁等文化技艺的现场展示，也都吸引了众多好奇的目光。

另外，本次活动的另一大亮点就是通过两岸高校间的职业技能比拼搭建起了“校企合作”的平台。此次比赛突出职业技能特点，项目设置紧贴需求，吸引了众多知名企业通过赞助、现场参展、签署合作协议等方式参与到赛事活动中，为高校职业技能教育的长远发展提供了有力的资金和技术保障。

推动基层对接合作
两岸乡镇对口交流会在三明开幕

作为本届海峡论坛最具基层特色的交流活动，两岸乡镇对口交流会6月21日上午在福建三明开幕，两岸800多名乡镇代表围绕“突出民间，面向基层，构筑两岸交流合作平台”的会议主题展开交流，会议达成了100多项包括结为友好乡镇、经贸合作、文化交流、旅游开发、农业开发等在内的对接共识与合作协议，会后闽台两地30多名女乡镇长、女村长还将进行专门座谈。

台湾90多个乡镇的乡镇长、乡民代表会主席与村里长共500多人前来赴会，中南部地区代表约200人，阿里山下的排湾族群代表也出现在会议现场；大陆方面参会者近300人，主要来自100多个福建乡镇。福建省委常委、副省长陈桦，国台办研究局局长黄文涛等出席了交流会。

今年五月，福建省省长黄小晶率经贸文化交流团访台，期间在南投县竹山镇成功举办两岸特色乡镇交流大会，本次在三明举办的海峡两岸乡镇对口交流会事实上是那场活动的后续与延伸。本次两岸乡镇对口交流会由福建省三明市政府、福建省台办、福建省农业厅、福建省文化经济交流中心、台湾乡镇市民代表会联合总会联合主办，会期两天。

三明是全国文明城市、园林城市、优秀旅游城市，是东南沿海与中西部地区的重要连接带，也是海西纵深推进、连片发展的重要区域。在与台湾乡镇的对接交流方面，三明市积累了丰富的经验，国家级清流台湾农民创业园也吸引了不少台湾农民的目光，直接推动了两地乡镇的对接合作。

首届海峡两岸关爱下一代成长论坛开幕

作为第二届海峡论坛的重要组成部分，首届海峡两岸关爱下一代成长论坛6月20日下午在厦门拉开帷幕。来自海峡两岸近200位专家、学者汇聚厦门，以共同关爱两岸青少年健康成长为主题，共商两岸关心下一代大计。

参加论坛的嘉宾有全国人大常委会副委员长、全国妇联主席顾秀莲，并在论坛上做主题报告。她说，良好的开端是成功的一半，海峡两岸关爱下一代成长论坛是首次举行，衷心希望大家珍惜这个机会，广泛交流、分享成果、共同提高，在这次论坛的基础上，用共心、倾其力，加强联系，密切合作，携手共进，为两岸下一代健康成长坚持不懈地工作。促进海峡两岸下一代的健康成长，是两岸共同的责任和使命，两岸关心下一代的机构应积极搭建交流互动的平台，增进相互了解、信任和交流，运用有效的途径和载体建立常规化的合作机制。

台湾妇女联合会主任委员辜严倬云，台湾中华企划人协会理事长翁林澄等。辜严倬云女士在开幕式上发表了激情洋溢的讲话："两岸都是中华的儿女，我们盼望两岸儿女都能在国际上展现光芒！因此两岸应该同心携手，关怀我们的下一代、照顾我们的下一代，让我们的下一代快快乐乐的成长，平平安安的长大。有学识、有智慧、有品格，中华儿女出人头地，光耀全世界！"

两岸专家、学者一致认为，当前扩大海峡两岸关心下一代工作交流正逢其时。下一代健康成长是两岸家庭和社会共同关切的话题，是两岸同胞的根本利益。

著名国学传播家、北京师范大学教授于丹，青少年问题专家陆士祯，台湾企划人协会理事长翁林澄等两岸专家学者出席论坛开幕并发表主题演讲。

其中于丹教授提出的开展小学时代的公益教育、中学时代的挫折教育及大学时代的职业教育引发关注。台湾创价学会青年部江俊琦表示："我觉得于丹她讲的是中国思想，那其实中国思想内容是儒家，她所讲的内容无论是在台湾还是大陆都是根深蒂固，是在我们心中的！她讲得非常的好，是大家都能够接受的！"

作为两岸和平小天使活动的创始人，翁林澄先生在发言中用图文并茂的形式讲述了已经连续举办十二届的两岸和平小天使的发展历程。如今，两岸和平小天使活动在延续的基础上，又放到了"海峡两岸关爱下一代成长论坛"这样一个大的背景下，更是让翁林澄对如何关注两岸下一代提出了自己的建议："关心下一代我觉得大陆做的会比台湾好，台湾因为机构众多，大多以商业考量，没有公益的性质。在大陆的关心下一代，我看到这些老同志、老教育家、工作者把自己人生的剩余价值都愿意投入，无私的奉献，这是让我感到是非常震撼的。我希望通过首届'关爱下一代发展论坛'可以起到发酵性的作用，在台湾让'小我'的社区化的、家庭化的运作变成'大我'的社会化的运作形式。"

另外，论坛全体人员在开幕会上一致通过并发表了海峡两岸关爱下一代成长联合活动倡议书，呼吁关爱下一代要符合两岸同胞的共同利益，尽快在海峡两岸之间建立起沟通、交流、互动、合作的畅通平台。通过发扬和传承中华民族的优秀文化，透过新思维、新视角，为两岸下一代茁壮成长创造优良的条件和环境。

专家学者汇聚鹭岛
共商两岸关爱下一代成长大计

6月20日下午，由中国关心下一代工作委员会、台湾企划人协会、中华奥林匹克之友协会、台中市海峡两岸交流协会携手海峡两岸60余家关心下一代机构联合举办海峡两岸关爱下一代成长论坛在厦门举行。全国人大常委会副委员长、全国妇联主席顾秀莲，国台办主任助理龙明彪，台湾妇女联合会主任委员辜严倬云，福建省关心下一代工作委员会主任王建双出席论坛开幕仪式。

顾秀莲在论坛开幕式上做主题报告，她表示，良好的开端是成功的一半，海峡两岸关爱下一代成长论坛是首次举行，衷心希望大家珍惜这个机会，广泛交流、分享成果、共同提高。在这次论坛的基础上，用齐心、倾共力，加强联系，密切合作。

“促进海峡两岸下一代的健康成长，是两岸共同的责任和使命。”顾秀莲指出，两岸的学校、家庭和社会、教育机构要加强交流和互访，通过夏令营、寒暑假等多种形式，增进两岸少年儿童的友好交往，为两岸下一代的互相认同，感情融合创造有利条件。

龙明彪代表中央台办、国务院台办宣读王毅主任贺信，祝贺海峡两岸关爱下一代成长论坛圆满成功。贺信指出，青少年是两岸关系的希望与未来，衷心希望两岸各界积极行动起来，加强两岸下一代之间的交流，增进他们之间的感情，使他们携手同心，为两岸关系发展不断注入新的动力。

辜严倬云在开幕式上致辞表示，关心下一代是两岸共同关注的议题，关爱下一代，不仅要给他们外在的需求，给他们充分的教育机会，更重要的是培养他们具有高尚的品格。她衷心地期待本次论坛硕果累累，并早日惠及两岸儿童、少年、家庭和社会。期待能有更多的后续行动，扩大论坛的影响。

两岸专家学者一致认为，当前扩大海峡两岸关心下一代工作交流正逢其时。下一代健康成长是两岸家庭和社会共同关切的话题，是两岸同胞的根本利益。

论坛全体人员在开幕会上一致通过并发表了海峡两岸关爱下一代成长联合活动倡议书，呼吁关爱下一代要符合两岸同胞的共同利益，尽快在海峡两岸之间建立起沟通、交流、互动、合作的畅通平台。通过发扬和传承中华民族的优秀文化，透过新思维、新视角，为两岸下一代茁壮成长创造优良的条件和环境。

著名国学传播家、北京师范大学教授于丹，青少年问题专家陆士祯，台湾企划人协会理事长翁林澄等两岸专家学者出席论坛开幕并发表主题演讲。本届海峡两岸关心下一代成长论坛共吸引两岸近200位专家、学者汇聚鹭岛，以共同关爱两岸青少年健康成长为主题，共商两岸关心下一代大计。

台湾关帝信众泉州进香谒祖庭
四百年最大规模

第二届海峡论坛台湾百家关帝庙信众福建谒祖会香暨“泉州首届海峡两岸关帝文化节” 6月22日在泉州开幕，两岸关帝信众在泉州市鲤城区通淮关岳庙广场举行隆重的仪式，祭拜关圣帝君。

今年是关圣帝君诞辰1850周年，台湾关圣帝君弘道协会组织百庙千人前来泉州通淮关岳庙谒祖进香。这是400年来台湾关帝庙神尊首次“携手”西渡海峡，也是台湾历史上关帝信众到大陆最大规模的一次谒祖进香

□ 6月22日，台湾庙宇信众1800余人携40多尊关帝神像渡海前来福建迎请接驾。

活动。

上午8点30分，鼓乐喧天，祭典仪式正式开始，身着祭奠服饰的司仪率领来自两岸的关帝信众，严格遵照古代祭拜关帝的程式，献太牢、献爵、献肴、行祭拜礼，祭拜关公、文舞武舞告祭，表达崇敬之情。

台湾关圣帝君弘道协会总会长郭有智表示：关圣帝君集忠义仁勇于一身，古今膜拜，两岸共仰，关圣帝忠义仁勇精神是凝聚世界华人的无形力量。此次协会组织了100多座关帝庙组团到大陆参拜祖庙，希望通过两地庙与庙之间的交流，能对关帝文化的发扬起到更好的促进作用，并以此带动两岸关系更加和谐，增进两岸之间的情谊。

郭有智说，泉州通淮关岳庙香火鼎盛，远播东南亚，同台湾关帝庙关系紧密，是台南“开基武庙”等众多台湾关帝庙的祖庭。“亲戚要常常走才会亲，欢迎泉州同胞多去台湾走走”。

泉州关帝庙董事长吴金炎介绍，近几年来，每年都有数千名的台湾关帝信众来泉州通淮关帝庙祭拜，本次两岸关帝文化交流，将更好传承和发扬两岸的关帝信仰，促进海峡两岸的文化交流。

此次关帝文化节的主题为“晋谒关帝祖庙，联结两岸情缘”。内容丰富多彩，除了隆重的开幕式和关帝祭典仪式外，还包括关帝神轿巡游及民俗阵头踩街活动、关帝文化交流座谈会、关帝文化展（塑像、书画、图片展）、纪念关帝诞辰1850周年活动摄影大赛、通淮关岳庙广场《唱歌接输赢》义演、组织参观闽台缘博物馆等。

本次文化节由泉州市鲤城区政府、泉州市文化局、泉州市民族与宗教事务局、泉州市政府台湾事务办公室主办，通淮关岳庙董事会、台湾关圣帝君弘道协会承办。

海峡两岸关帝文化旅游节引来150多亿元投资

6月24日，第十九届海峡两岸关帝文化旅游节暨闽台水产品博览会在福建东山县开幕，总投资142.9亿元人民币、1.5亿美元的28个境内外项目在会上签约。

本次签约的28个项目中，内资项目21个，总投资142.9亿元人民币；外资项目7个，总投资1.5亿美元。项目涵盖旅游综合开发、商业物流、生物科技、生态农业、水产品精深加工等。

中华两岸文化经济协会理事长廖万隆说，始建于明洪武二十年的东山

□6月22日，两岸关帝信众在泉州通淮关岳庙广场举行仪式，祭拜关圣帝君。

关帝庙，是全台湾900多座关帝宫、庙的香缘祖庙，信众遍及台湾全岛，其“忠、勇、仁、义、礼、智、信”已深深植根台湾人民心中，世代相传。举办这次关帝文化旅游节，必将进一步弘扬关帝文化，促进两岸的交流与合作。

本届关帝文化旅游节按照建设东山国际旅游海岛、弘扬关帝文化、促进两岸交流三个目标，举办了台湾百家关帝庙共祭关帝、闽台水产品博览会、海峡两岸关帝文化研讨会等17项活动。

各方评论

台湾媒体高度关注第二届海峡论坛

作为两岸民众交流的盛会，正在福建举行的第二届海峡论坛引起了岛内媒体的高度关注。连日来，岛内主要电子媒体、报章杂志对海峡论坛的许多活动做了及时、深入的报道。

台湾《联合报》、《中国时报》、《经济日报》、《工商时报》等主要平面媒体在显著位置、大篇幅报道海峡论坛各项活动。针对两岸航线票价将降低等论坛内容，21日台湾《联合报》通过采访岛内航空业者做了《两岸机票降价10%-15%》的配合报道，并撰文《贾庆林鼓励陆客多游中南部》，文中说："贾庆林表示，两岸交流没有党派之分，没有地域之别，应当遍及城市和农村，深入到县市、乡镇、学校和小区，深入到工人、农民、青年、妇女和少数民族等各个界别之中。"

台湾《中国时报》通过引用贾庆林在论坛大会上的讲话，并结合ECFA协商等有关内容，分析认为大陆在发展两岸关系时"已更趋务实灵活"。

台湾《旺报》21日在包括头版的3个重要版面对海峡论坛相关内容做了详细报道，包括贾庆林主席在论坛大会上的讲话，中共中央台办主任王毅关于两岸经济合作框架协议商谈的阐述，以及国家民航局局长李家祥宣布两岸航空业者协商同意将两岸航线票价降低10%至15%等内容；台湾《中央日报》网络报头条新闻标题是《张荣恭：王毅善意讯号有助加快签ECFA》。

台湾东森电视、中天电视、年代电视等电视媒体不但及时跟踪报道海峡论坛各项活动的最新进展，还在重要时段，反复播出中共中央政治局常委、全国政协主席贾庆林在论坛大会上讲话等重要议程，并在论坛画面播出时解说“上万名台湾民众参与，有如一场大型嘉年华”。有关两岸经济合作框架协议协商，两岸航线票价将降低等内容，也成为各电视台争相报道评析的热门话题。

据悉，共有83家岛内媒体、103位台湾记者参加本届海峡论坛的报道，其中平面媒体19家、电视台14家、杂志13家、网络媒体10家、广播媒体27家，总数为上届的两倍多。

澳门日报：
海峡论坛深化两岸交流 夯实和平基石

《澳门日报》6月22日刊发社论《深化两岸交流，夯实和平基石》，文章说，海峡论坛进一步突出民间性、大众性、广泛性，海峡两岸已形成多层次、多元化的交流互动平台，有力地推动两岸和平发展。

海峡两岸交流年度盛事——第二届海峡论坛6月19日开幕，为期一周。本届论坛进一步突出民间性、大众性、广泛性，出席论坛的台湾人士涵盖25个县市、政党、民意代表，以及农业、教育、科技、旅游、医药、工

□6月18日，乘坐厦金航线"小三通"轮船的台胞抵达厦门五通码头，参加第二届海峡论坛系列活动。

商、影视、出版、航运等业界代表，还有青年、妇女、工会、少数民族、宗教、民间信仰、中青等团体人士，除了民进党及绿营社团外，几乎都有代表与会，人数超过1万人。这些代表中，来自台湾基层的约占8成，来自中南部的乡亲约占6成，许多台湾乡亲是第一次参加海峡论坛。

目前，海峡两岸已形成多层次、多元化的交流互动平台，有力地推动两岸和平发展。国共两党之间建立了两岸经贸文化论坛，成为两岸最重要的党际交流与互动平台；海协会与海基会的两会平台是两岸最重要的协商、谈判平台，是两岸互动关系的主体；博鳌亚洲论坛成为两岸在国际社会进行两岸相关议题交流与互动的重要平台；海峡两岸不同行业之间也在陆续建立专业与部门之间的互动平台；海峡论坛则是两岸民间交流与互动的新平台。

自去年5月首届海峡论坛发出了新形势下加强两岸民间交流的明确信号后，两岸大交流局面逐步形成。去年，两岸人员相互往来达540万人次，创下历史新高，其中大陆民众赴台93万人次，是2008年的3.4倍；首次到大陆的台湾民众达33万人。今年两岸人员往来继续保持强劲势头，1至5月台湾同胞往来大陆196万人次，同比增长一成；大陆居民赴台66万多人次，同比增长五成九，预计全年大陆赴台游客将突破100万人，两岸相互人员往来将超过600万人次。

海峡论坛在促进两岸大交流发挥着无形的影响力，透过广大参会台胞的传播，将大陆的真实一面和大陆民众的情感传递到台湾，去影响周围的人，让更多的人参与到两岸交流中。这种无形的影响力深入基层、扩展到各行业，形成两岸大交流的趋势。

加强交流是两岸民众的人心所向，是两岸关系发展的大势所趋，是谁都无法违背、阻挡的历史潮流。对于这一潮流，岛内的不同党派都应该顺应而走，而不是倒行逆施，否则将会失去广大民心，最终被人民所抛弃。

第二届海峡论坛回眸：最珍贵是心与心的沟通

“一样的大地，一样的天空，你我未来命运相与共……一样的血液，一样的光荣，心中拥有同是一个梦。”

歌声、掌声，亲情、友情，乡音、佳音，从6月19日至25日，第二届海峡论坛“声情并茂”地在福建9个设区市举行，超过一万名的台湾同胞共襄盛举，与大陆各界同胞、乡亲欢聚在海西，朝夕相处，以诚相待，彼此交心，共同营造了两岸基层民众大联欢、大沟通、大交流的嘉年华，充分展现了两岸民间交流的蓬勃活力。

“两岸交流，归根到底是人与人的交流，最珍贵的是两岸同胞心与心的沟通。”中共中央政治局常委、全国政协主席贾庆林在本届论坛大会上的这句话，为海峡论坛作了最好的注脚，更为今后两岸民间交流的更大开展指明了方向。

不分党派与界别，跨越地域和意识形态，大家“欢喜来逗阵”，两岸民间最大嘉年华在昔日前线战地热闹登场。

“中华情·海峡缘”综艺晚会、海峡两岸乡镇对口交流会、海峡妇女论坛、海峡青年论坛、海峡两岸少数民族联谊、和平小天使两岸手拉手活动……本届海峡论坛四大板块25场活动，在福建9个设区市喜庆登场，吸引了两岸各界尤其是基层普通民众“欢喜来逗阵”（闽南语意指一起来欢乐）。

这是一个百姓同乐的舞台，这是一个基层互动的平台，这是一次民意汇聚的盛会，对话消除隔阂，沟通增进了解，交流促进合作。

“我要鼓励村民们多多来大陆参加这样的交流，对我们只有好处，没有坏处！”来自台湾嘉义县阿里山乡的武建刚是头一回来大陆。他笑着说自己的机会是“抢来”的，因为“分给阿里山乡10个名额，但是想来的人远远超出这个数目”。

嘉义工商广播电台主持人张孟崇这次组织了台南、高雄、嘉义等地120多名乡亲前来。他说：“农会小组长、公司小老板、农民、工人，通通都有，一半以上都是第一次来。”

如果说首届论坛架起了桥梁、搭起了舞台，那么，今年这座桥梁更宽，这个舞台更大。本届论坛上，台湾有30个界别的代表人士参与，比首届新增10个界别。

贾庆林在论坛大会上致辞时说：“两岸交流，没有党派之分，没有地域之别”。中共中央台办、国务院台办主任王毅也表示：“两岸交流应不断扩大参与，跨越地域和界别，跨越党派和意识形态。”

“让更多的声音，能从基层不断发出，展现多元的力量，是我们要向大时代迈进的最重要的动能。”在海峡论坛上，中国国民党副主席黄敏惠如是说。新党主席郁慕明、亲民党秘书长秦金生、无党团结联盟主席林炳坤、人民最大党主席许荣淑等，也异口同声。

两岸主流政党是这么说的，也是这么做的。

在海峡论坛上，唱主角的是老百姓。本届论坛更加突出民间性、大众性、广泛性，万余名参会台胞中来自岛内最基层乡镇、村里的普通民众占到了八成，其中中南部乡亲约有60%。

而在论坛之外，两岸各方面的交流与人员往来迅猛发展。据预计，今年大陆赴台游客将突破百万人次，两岸相互人员往来将超过600万人次。民间交流这一两岸关系发展中最具活力的因素，正强有力地主导、引领着两岸关系和平发展的时代大潮，浩浩荡荡，势不可挡。

关切于民生，惠泽诸民利，务实应民意，海峡论坛不仅坐而论道，更坐言起行，努力为两岸民众办实事、办好事。

“今天我给大家带点实际的东西。什么实际的东西？降票价！”国家民航局局长李家祥20日上午在本届海峡论坛大会上宣布，两岸航空业者协商同意将两岸航线票价降低10%至15%。

李家祥话音未落，台下已经掌声雷动，一片欢腾。

“爽！李先生带来的这个消息，真是太让人欢喜了！”来自台湾苗栗的邱英政说。

当天下午，在两岸航空运输发展圆桌会议上，中国民航局宣布了进一步促进海峡西岸经济区与两岸航空运输发展的7项政策措施，成为本届海峡论坛最具实质性的成果之一。

“两岸直航航点能否再多一点，班次能否更密集一些，价格能否更合理，一直最受台湾民众关注。”台湾媒体评论员陈彦伯说，大陆方面在本届论坛上推出的新政，契合民众所需，充分体现这个两岸民间交流平台的确做到“聚焦民生，惠泽两岸”。

“政策红利”之外，很多台湾民众也在论坛期间得到更多的收获。台湾行销公司总经理廖凤彬和快乐广播电台大陆事务部总监张子祯一起，与泉州企业商谈农贸产品合作事宜；西瀛之声广播电台负责人陈益瑞开始和厦门、泉州等地的广播、电视同行，洽谈节目制作和播出。

张孟崇告诉记者，和他同来的嘉义大学兼任讲师谢三荣50多岁第一次“登陆”，一下子就推翻了以前对大陆的很多偏见，决定最近还要带妻儿

□6月22日，前来参加海峡论坛活动的台湾客家乡亲，组团来到福建龙岩上杭族谱馆寻根问祖。

到大陆参访。

张孟崇说："两岸同胞只要见上面，聊一聊，就能消除很多不必要的误会，这是海峡论坛无形而又难以估量的收获。"

在"海峡两岸大学生职业技能大赛暨创新成果展"上，台湾女生何宜静和大陆女生林晔琳表示，她们都很欣赏对岸的同龄人，都说相识就是最大的收获。

头一回来大陆的何宜静说："今天，我们和大陆同学是比赛中的对手；明天，我们就可能是事业上的合作伙伴。"

"天地之间，莫贵于人。""人之相知，贵相知心。"海峡论坛之"实"，两岸民间交流之"惠"，既造福于当前，更放眼于未来。倾听、包容，说实话、办实事，重交流、不功利……本届海峡论坛所获致的有形、无形的成果，是两岸民众宝贵的精神财富，也是推动两岸民间交流更大、更好地开展的不竭动力。

消弭误解，汇聚民意，集合民智，交流重在可长可久，论坛还要越办越好。只有当两岸交流步入"全民时代"，"三通"之后的第四通"心灵沟通"才能早日实现。

"第一次来大陆时，我心里还是怕怕的，因为当时对大陆不了解。后来，到大陆的次数越来越多，感觉就越来越好了！我身边很多人都有这样的体会。"来自嘉义阿里山乡的许荣镇说。

第二次来参加论坛的廖凤彬，去年还是抱着"探路"的想法只身赴会，今年却"呼朋引伴"，带来了台湾25家广播团体的负责人。他感慨地说："海峡论坛的方向是对的，这样开放，这样多元，两岸民间人士相互了解更直接、更真诚、更深入了。"

"由于历史和现实的各种原因，一部分台湾民众对大陆还缺乏了解甚至存在误解，对两岸关系发展还持有疑虑，这是一时难免的。我们愿意积极与他们沟通，以最大的包容和耐心加以化解和疏导。"

贾庆林主席这番真诚恳切的话语，深深感染着与会的两岸同胞尤其是台湾各界人士。

"贾主席的讲话很有道理，是得民心的。这些话本身就已经在消除两岸之间存在的误解和疑虑了，我听了觉得非常温馨。我希望更多的台湾民众到大陆来，多走、多看、多听，和大陆民众常来常往。”许荣淑对记者说。

台湾媒体同样给予高度肯定。台湾《联合报》发表文章评论说，“两岸民众在长期交往互动中获得更大的理解和谅解”，是两岸关系持续向好发展的社会基础。

福建社科院台湾研究所所长吴能远分析说，大陆方面已将两岸民间交流摆在对台工作中更为突出的位置。关于民间交流，大陆一方面是要力促“双向性”，积极推动两岸民众更多往来、交流、对话，增进了解，消除误解，强化认同；另一方面是要凸显“延展性”，不分党派、界别、地域地开展交流，突破意识形态的障碍，使交流由“精英时代”深化到“全民时代”。

台湾淡江大学大陆研究所教授潘锡堂则认为，两岸交流正深化到社会生活层面，向民间扎根。一个更为广泛的、以基层民众为主角、以社会化为基础的两岸交流新时代已经来临。

第二届海峡论坛25日圆满落幕。诚如王毅所说，“交流不是一时一事，重在可长可久”。参与论坛的两岸各界人士在握手道别之际，纷纷表达对海峡论坛、对推动两岸民间交流常态化的深切期许。

北京联合大学台湾研究院教授徐博东说，希望两岸民间交流继续深入基层，扩大参与，吸纳更多元的声音，还要鼓励更多年轻人投入其中。陈彦伯说，期待海峡论坛和两岸民间交流继续“向下沉”，更多地聚焦于民生，议题可以更微观、更具体。

“用之以持久，资之以不息，则积其小者，必至于大。”

两届海峡论坛，已为两岸民间交流播下千万种子。两岸关系的变化与发展，根基在民间，动力在人民。而要凝聚两岸的民意，根本之途就是老百姓之间多来往、常交流。盛会落幕，交流永续。我们期待第三届、第四届海峡论坛的举办，而且办得越来越好，更期待两岸民间交流犹如茵茵绿草，将和平、和解、和谐的春天气息，散播到台湾海峡的两边，散播到每个角落，共同迎来两岸同胞相亲相爱、心心相印的美好明天。

第二届海峡论坛开枝散叶
民进党“抹红”失效

众所瞩目的第二届海峡论坛在福建厦门隆重举行，随着所有议程接近尾声，这项两岸交流的盛事获得不少有意义的结论。不仅对台湾内部情势产生潜移默化的效果，对年底“五都”选举，也帮助国民党化解了不少阻力。

香港中评社有评论指出，这届海峡论坛以基层交流为主，在上万名台湾出席者当中，中南部民众过半，许多都来自民进党“大票仓”台南和高雄地区。而且相当当多的人都是第一次到大陆，经过这几天与大陆方面的接触，许多人都发现他们所认知的大陆与民进党所宣传的差距颇大。

这些来自基层的市井小民，不乏社区意见领袖。返台之后，对民进党反对两岸交流和ECFA的耳语即可以自身经验加以反驳，让民进党“抹红”伎俩失效，对于国民党年底“五都”选情来说会有一定的加分效果。

两岸直航和大陆游客入台议题已经普遍为民间所认定，对台湾经济有相当大的提振效果。这些参加两岸论坛的基层民众经过亲身体验之后一定会宣传直航的便利与好处。有了这些人的见证，等于替两岸直航和陆客来台政策背书，让台湾民众更加了解两岸关系改善所带来的和平红利。

影响深远的ECFA议题即将进入最后关键的协商阶段。国民党透过副主席、嘉义市长黄敏惠与会，转达了部分南部民众的担心，并希望大陆能够审慎考虑，包括全国政协主席贾庆林和国台办主任王毅也数度在公开场合上澄清中南部民众的疑虑。第五次“陈江会”举行之前，双方再一次交换意见、协调沟通，把可能会有的阻力降到最低，避免ECFA成为“五都”选举的负面因素。

高雄市议长庄启旺建议第六次江陈会在高雄市举行，已经挑起绿营敏感神经，高雄市长陈菊刻意避而不谈，就是怕“顺了姑情、逆了嫂意”。绿营参选人越闪躲，越凸显出民进党的两岸政策不合时宜。

福建日报：
海峡论坛有利于两岸人民大交流大合作

海峡论坛主题是“扩大民间交流、加强两岸合作、促进共同发展”，活动内容异彩纷呈，表现形式创新多样，尽量贴近台湾基层民众的需求，许多活动也是两岸民众喜闻乐见的传统节目。海峡论坛面向台湾民众，与会人员来自台湾各个界别、各个领域，具有民间性、大众性、广泛性的交流合作特点。由于海峡论坛定位准确、组织缜密、气氛融洽、参与性强，富有时代气息，深受台湾同胞的热烈欢迎和广泛响应，其影响力和后续效应持续发酵。自去年举办首届海峡论坛以来，两岸民众交流合作热络空前，两岸各界大交流大合作局面正在形成，呈现出交流领域持续拓宽、合作层次不断提升、交往力度空前扩大，交流方式更加多元的良好势头。自台湾开放大陆赴台旅游以来，大陆赴台旅游人数屡创新高。据统计，2009年大陆赴台旅游人数达到93万人，是前年的4倍，为台湾创造了巨大商机，大陆游客在岛内消费对台湾地区GDP贡献率也在持续提升。今年一季度，大陆赴台旅游人数首次超过日本，累计达到34万多人，比去年同期大幅增长98.6%。同期，大陆赴台交流项目将近3000个，比去年同期有较大幅度增长。

首先，海峡论坛有利于强化两岸交流合作关系。两岸同胞本是一家人，同属于中华民族，这是改变不了的历史事实。但是，在过去的100多年历史中，两岸同胞遭受长期分离的痛苦，造成台湾民众对大陆了解很少，对大陆的感情较复杂，给发展两岸关系，增进两岸交流合作，带来不少困难。海峡论坛是个嘉年华式的民众交流大平台，尽可能多地邀请台湾基层民众，尤其是那些没有来过大陆的台湾民众参加，通过走亲访友、商务活动和实地考察，能够让台湾同胞切身感受到大陆改革开放后的巨大发展变化，真切领悟到两岸是一脉相承、血脉相连、同根同源，两岸民众是兄弟姐妹，有利于增进台湾民众对大陆的了解，对扩大两岸交流合作具有重要的推动作用。

其次，海峡论坛有利于拓展两岸交流合作渠道。两岸关系发展是两岸同胞的共同事业，需要更多的两岸民众积极参与和共同推动。全国政协主席贾庆林在首届海峡论坛大会上指出："两岸交流归根到底是人与人之间的相互交流，两岸关系和平发展归根到底要靠两岸同胞共同推动。"海峡论坛通过两岸知名演艺明星和艺术团体联袂演出，通过举办论坛大会、政策研讨、两岸文化艺术交流、民众嘉年华等一系列活动，扣紧两岸民众心弦和关注主题，台湾基层民众参与热情高，涉及界别广，大家共同就两岸和平发展中的一些重要议题进行商讨，有利于找到两岸交流合作的切入点，寻求共同点，实现互利双赢，进一步拓展两岸交流合作渠道；有利于凝结两岸民众更多的共识和集体智慧，为逐步解决两岸关系中的各种难题释疑解惑、提供条件，促进两岸深度开展经贸合作与文化交流，为建设两岸共同家园出谋划策。

第三，海峡论坛有利于培植两岸人民共同情感。两岸交流合作的每一项活动，所取得的每一点进步，都是为两岸和平发展奠定基础、创新模式和积累经验，有利于消除彼此误解，化解历史恩怨，减少相互隔阂，更好地搭建两岸民众交流合作的新平台。与首届海峡论坛相比，第二届海峡论坛涉及面更广，台湾民众参与人数更多，尤其是扩大邀请台湾基层民众、少数民族同胞和民间社团人士参加，开展基层各界别对口联谊，通过文化交流、民俗活动、族谱对接等方式，有利于促进两岸基层交流常态化。今年海峡论坛共有62家主办单位，其中大陆32家、台湾30家，比首届论坛新增10个交流界别，规模超过万人，并在福建九个设区市展开各种对口交流活动。海峡论坛规模之大、组织力度之强、民众参与之多也可谓空前。通过开展丰富多彩、为两岸民众喜闻乐见的各种活动，让台湾同胞感受到大陆对发展两岸关系的诚意，对促进两岸和平发展的善意，有利于改变台湾民众对大陆的认识，推动两岸同胞交流合作；有利于拉进两岸人民的心理距离，增进两岸同胞的共同情感；有利于凝集两岸同胞和平发展的共识，增进台湾民众对祖国大陆的认同感和吸引力，共同为中华民族崛起服务，为推进两岸关系和平发展打牢基础，把握正确的发展方向。

第四，海峡论坛有利于增进台湾同胞利益福祉。举办海峡论坛活动，为两岸民众提供面对面的交流合作平台，可以共商国是，做到心心相印、求同存异、共同发展，并以客观、务实和前瞻的态度，认真剖析并提出如何解决两岸关系发展中面临的新问题，能够更好地为台湾同胞谋求福祉，使两岸和平发展成果更多地惠及台湾基层民众，夯实两岸人民交流合作的基础。如在首届海峡论坛大会上，中台办、国台办主任王毅宣布8项惠台新政策，内容包括：大陆企业赴台投资、扩大对台采购、鼓励和支持有条件的台资企业拓展大陆市场并参与大陆扩大内需的基础设施和重大工程建设、增加大陆居民赴台旅游、推动协商建立两岸经济合作机制、进一步向台湾居民开放专业技术人员资格考试项目、加强两岸农业合作平台建设、许可台湾地区律师事务所在福州和厦门两地试点设立分支机构从事涉台民事法律咨询服务，体现了大陆真诚为台湾同胞多办实事、多做好事的务实精神。一年来，大陆加强对台采购货物，并将台湾企业纳入扩大内需政策范围，为台商拓展内销市场带来新机遇，减少了金融危机对台湾的影响，也为台湾产业转型和经济尽快复苏作出贡献。

第五，海峡论坛有利于推动闽台关系深度合作。闽台之间具有“五缘”关系和特殊的文化、历史和地缘等背景，近80%的台湾同胞祖籍地在福建，在岛内有147个闽籍同乡会、126个闽籍宗亲会，这些同乡会和宗亲会遍布台湾全岛，具有雄厚实力和影响力。因此，选择在福建举办海峡论坛，不仅是福建具有大陆其他省市不可替代的优势，更是对闽台交流合作取得成效的一种肯定，也是福建加快建设海峡西岸经济区，推进两岸交流合作先行先试，建设两岸交流合作重要基地的迫切需要。举办海峡论坛活动，台湾同胞在参观中国闽台缘博物馆、闽台文化生态保护区后，不仅能够切身感受到闽台之间的历史渊源关系，两岸同胞一家亲的深情厚谊，而且有利于培育闽台交流的新优势，加快形成闽台产业对接，促进文化交流合作，积极探索两岸交流合作的新途径、新模式，实施更加开放的政策，更加灵活的措施，大力推动两岸交流合作向更广范围、更大规模、更高层次迈进，为两岸和平发展和中华民族复兴服务。今年5月，福建省省长黄小晶在访台期间，宣布闽台合作先行先试10项利好政策，包括大力扶持台湾农民创业园发展，加强对台湾农产品采购和促销力度，为来闽创业的台湾农民提供免费的多项服务，放宽台商投资领域，优先保障闽台合作建设项目用地，鼓励台湾居民到福建投资置业，促进闽台金融合作，扩大福建居民赴台旅游规模，推动闽台“小三通”发展等具体措施，在台湾岛内引起轰动，也为深化闽台合作奠定了基础。

海峡论坛：根基在民间 动力在人民

两岸“草根界”的盛会——第二届海峡论坛6月19日晚正式拉开帷幕，对于这个自己当主角的盛会，两岸民众都倾注了极大热情。据报道，此次论坛规模之宏大、活动内容之丰富、两岸与会人士代表性之广泛，都属前所未有，与会的台湾同胞更是将突破万人。相较于去年的首届海峡论坛，这一次两岸“草根”的再次亲密接触，多了熟识的面孔，更多了许多新的面孔。“扩大民间交流、加强两岸合作、促进共同发展”，海峡论坛的主题说出了两岸“草根”的心声，也为他们搭建好了舞台，令人期待！

□6月20日，两岸1700余名嘉宾汇聚于厦门参加第二届海峡论坛大会。

根基在民间

第二届海峡论坛备受两岸各界关注，大陆方面有关部委领导、业界人士和知名学者与会，海西周边11个城市也会组团参加各项活动。台湾方面，相关界别、行业、县市的逾万名乡亲前来与会。

据海峡论坛组委会介绍，此次参加论坛的台湾乡亲，兼具代表性与广泛性：来自基层的约占80%，中南部乡亲约占60%，许多乡亲是第一次参加海峡论坛，有的甚至是第一次来大陆。万名乡亲涉及界别30个，台湾工会、青年、妇女、文化、体育、民间信仰、工商、农业、旅游等都有代表人士参加，比首届新增10个交流界别。

此外，参与报道论坛的近200家两岸媒体与近千名记者，也无疑是主角之一。台湾方面报名采访的媒体有近80家、记者100多人，与首届的20多家媒体、40多位新闻工作者相比翻了几番，台媒参与热情明显高涨。

海西搭舞台

在海峡西岸，“闽台合作先行先试重于行、贵于试”早已成为共识。第二届海峡论坛在胡锦涛总书记今年春节在福建考察发表重要讲话、国务院发布《关于支持福建省加快建设海峡西岸经济区的若干意见》一周年的背景下举办，海西，自然成了理所当然的主角之一。

福建与台湾之间有着不可比拟、不可替代的“五缘”优势，是两岸人民交流合作的主渠道、主阵地。第二届海峡论坛安排了3场政策研讨活动，即是为了突出海西地区对台交流先行先试的特色。一湾浅浅的海峡，承载的已不再是乡愁，而是亲缘，是商机，是共赢，是实现和平发展、互利共荣的黄金通道。

广泛大交流

第二届海峡论坛由32个大陆相关部门和30家台湾相关单位联合举办，

分开幕式暨综艺晚会和论坛大会、政策研讨、两岸文化艺术交流、民间民众嘉年华四大版块，活动多达25场，为两岸民众提供的交流舞台不可谓不广。

从活动安排可见，两岸航空运输发展圆桌会议、两岸金融合作与发展研讨会、两岸中医药发展与合作研讨会、两岸少数民族联谊交流会、两岸客家高峰论坛、两岸乡镇对口交流会、和平小天使两岸手拉手等一场场活动，都将充分揭示海峡论坛“扩大民间交流、加强两岸合作、促进共同发展”的主题。

总之，无论你来自海峡哪一边，无论你是基层代表、学者专家、企业家，还是大学生、小朋友，都可以在第二届海峡论坛找到喜欢的话题、论道的平台、结交的朋友。两岸关系的转变，根基在民间，动力在人民。期待第二届海峡论坛再次在两岸交往史上写下浓墨重彩的一笔！

海峡论坛基层互动
折射两岸交流纵深发展

6月23日，台南县佳里镇农会监事石水南收拾行李，从厦门启程回台南，等待着他的是24日在台湾的另一场活动：刚刚在第二届海峡论坛“做客”的他，将回台南“做东”迎接山东的乳牛考察团。

正在此间举行的第二届海峡论坛，官员、精英固然受到媒体关注，石水南这样的“草根”力量也“不甘示弱”：逾万名台湾嘉宾中，来自基层的约占80%，来自中南部的乡亲约占60%。海峡论坛搭建了一个由“草根”唱主角的大舞台，两岸“草根”日渐频繁地既“做客”又“做东”，折射了两岸交流不断向纵深发展的良好态势。

和石水南一样，很多“草根”群体是第一次参加海峡论坛，有的甚至是第一次来大陆。首次“登陆”的台湾嘉义县阿里山乡乐野村前任村长武建刚告诉记者，他“做客”的资格还是“抢来”的，因为“分给阿里山乡10个名额，但是想来的人远远超出这个数目”。

去年，两岸人员往来达到540万人次。大陆居民赴台交流参访和旅游突破93万人次，首次来大陆的台湾民众达33万人次。在本届海峡论坛上，中共中央台办、国务院台办主任王毅预计，今年大陆赴台游客将突破100万人次，两岸相互人员往来将超过600万人次。

这其中，包括台湾乡镇长、乡民代表会主席、村里长在内的“草根”力量受到重视。对他们，大陆方面再抛“橄榄枝”。在本届海峡论坛大会上，贾庆林说：“我们热诚欢迎他们能够到大陆走一走、看一看，增进对大陆经济社会发展的直接了解，增加与大陆同胞的直接接触。”王毅也表示：“我们愿意继续为台湾更多基层民众，特别是从没有到大陆来过的台湾同胞，创造参访机会，提供这方面的便利。”

在此背景下，“草根”身影活跃在海峡论坛各个活动现场：漳州和台湾的村里长在“十姓百村（乡镇）”宗亲对接活动中实现村与村“亲密接触”；台湾新竹县代表团一行与武夷山市、建阳市及有关乡镇、学校进行交流、座谈、合作。

引人关注的是，800多名两岸乡镇代表参加了海峡两岸乡镇对口交流会，达成了100多项合作协议，内容包括结为友好乡镇、经贸合作、文化交流、旅游开发、农业开发等。

“我们村有高山茶、高山咖啡、竹笋等农特产品，龙大村也生产竹笋等，希望通过交流多一个销售通路，对彼此村里的经济有所帮助。”35岁的武建刚说。

此次，武建刚代表乐野村和三明永安市贡川镇龙大村村主任李先华签署了合作协议。在他看来，协议只是一个开始。他说：“下一次有机会我想带更多村民来这里。反正路也不远，从阿里山到台中再到金门，通过厦金航线到厦门，前后也就五个小时。”

和石水南一样，“做客”后的武建刚已经迫不及待萌生了“做东”的意愿，在龙大村受到热情接待的他盛情邀请龙大村村民回访乐野村。对此，龙大村主任李先华热烈响应：“之前我们没去过台湾，现在彼此都留了联系方式，下一次我们就到他们那里去考察，商议农业合作项目。”

“台湾的农业发展特别好，很多经验值得大陆学习。”“你上次只是经过台南，下次请你专程到我们西港乡看看，需要什么材料，我们农会可以提供。”三明市明溪县绿海淮山专业合作社理事长肖茂德今年1月刚去过台湾，和台南县西港乡农会理事长邱宪荣聊起来特别有话说。

“海峡论坛为基层提供了一个交流平台。”台湾乡镇市民代表会联合总会秘书长刘冠雄说，“促成两岸乡镇对接以后，希望他们建立感情，作为未来促进发展的原动力。因为民意能够让政策更有贴近性，两岸人民的心声都是一样的。”

“两岸交流，贵在交心。”中国国民党阿里山乡党部民众服务社理事长许荣镇说，“当初我第一次来大陆，心里怕怕的，怕语言不通，怕生活不习惯，对这里百姓的亲和度不了解。后来我发现，台湾和这里很相似，而且我每次来都能感觉到大陆在改善，感觉很好。”

此次由于天气“搅局”，台湾乡里长们参访三明周边乡镇的一些活动受阻。但许荣镇却从中看到了大陆的另一面。“三明沙县碰到罕见水灾，当地政府官员东奔西跑，又要救灾，又要安排两岸交流活动，很认真，很辛苦，让我们很感动。”他说。

许荣镇发现，他除了自己更全面了解大陆之外，很多大陆百姓也“更知台”。他说：“大陆一些学生、小朋友原来对台湾的印象不是那么深，和我们接触以后，觉得台湾人很亲切，大家彼此可以化解一些没必要的误解和防备，真诚相处，对两岸互动是很有利的。”在他看来，“两岸之间，政治归政治，民间归民间。民间的交流会融化政治的僵硬。”

福建省社科院台湾研究所所长吴能远说：“两岸交流重点在基层，乡镇是其中最重要的力量。我们鼓励台湾同胞来大陆多看看多走走，也鼓励大陆同胞多到台湾去，彼此之间多增加了解和认知。两岸‘草根’多做客也多做东，有利于推动两岸关系持续不断地向纵深发展。”

海峡论坛建起两岸直接交流多样平台

澳门《新华澳报》6月21日发表评论员富权的文章指出：第二届海峡论坛有别于国共论坛的以两岸精英人士为主，由“草根”阶层“发声”，从经济领域向其他领域拓展，交流对象从政经各界向社会基层深入，交流地点从城市向农村，从北部向南部延伸。本届论坛创造出更多、更加灵活的深化两岸直接交流的平台。

文章摘录如下：

号称出席的台湾同胞人数更多、阶层更广泛的第二届海峡论坛，显然是两岸交流向更广的宽度、更深的深度发展的一个重要标志。参加这届海峡论坛的台湾同胞，基层人士占到80%，来自台湾中南部的约占60%。台湾工会、青年、妇女、文化、体育、民间信仰、工商、农业、旅游等30个界别的代表人士参加了论坛活动，比首届新增10个界别。这有别于“国共论坛”的以两岸精英人士为主，由“草根”阶层“发声”，从经济领域向其它领域拓展，交流对象从政经各界向社会基层深入，交流地点从城市向农村，从北部向南部延伸。本届论坛创造出更多、更加灵活的深化两岸直接交流的平台。

虽然自两岸开放交流二十多年来，尤其是胡锦涛和连战的会谈开启两岸政党交流以来，两岸交流正向纵深发展，但大陆方面并不满足于此。要本着“做台湾人民工作“的意愿，在继续促进两岸精英层交流及政党性质同质交流的同时，引导到规模更大层次更深的基层交流及各党派交流中去。因此，以邀请台湾各基层界别代表和中南部同胞出席的海峡论坛，就是有别于每年进行的“国共论坛”，使两岸之间的论坛活动从议题的沟通发展为心与心的沟通，充满了人性化。八闽大地成了两岸平民百姓的人联欢嘉年华，洋溢着亲情融合的气氛。

要在短短的五天内集中地举办二十多项大型活动，其背后的组织策划安排调度等，颇为考验人。只有事权集中、行政执行力高的大陆才能做得到。出席论坛的中国国民党副主席黄敏惠说，希望两岸论坛能在台湾举办，这当然是好建议，故得到不少与会者的赞同和支持。但在技术上，先不要说是民进党是否会阻挠捣乱了，就算是表面上看起来比较单纯的组织工作，如按照“福建模式”，台湾方面恐怕就做不到。由此可反衬出，具体承办海峡论坛的福建省委、省政府及厦门市委、市政府的魄力和能力，令人钦佩。

第二届海峡论坛以“扩大民间交流、加强两岸合作、促进共同发展”为主题，聚焦民生，汇集民智，凝聚民意，共同研商两岸民众关注的热点议题，致力于打造两岸民间交流的平台、两岸经贸合作的平台、两岸合作交流政策研讨的平台和两合作交流的枢纽平台。因此，它具有民间性、大众性、广泛性的特点，在邀请台湾各县市代表、工商企业界、文化教育界等界别代表的基础上，扩大邀请台湾基层民众，中南部乡亲、少数民族同胞和行业代表、民间社团人士以及妈祖、关公、保生大帝、陈靖姑、开漳

□6月18日，海峡两岸千余名妈祖信众会聚莆田湄洲岛，拉开海峡论坛序曲。

圣王、延平郡王等民俗信众参加。在活动内容设计上更加突出文化内涵，充分展示闽南文化、妈祖文化、客家文化等地域文化特色，突出文化产业对接，注重群众性文化交流活动的受众面，让所有参与论坛活动的民众和其他普通民众共享文化盛宴，感受交流氛围、融洽彼此感情。

全国政协主席贾庆林在论坛大会上的讲话，畅谈了几个重要观点，其一是应该顺应两岸主流民意，牢牢把握两岸关系和平发展的主题，继续按照先易后难、把握节奏、循序渐进的思路，务实推动两岸关系发展的进程，力争取得更多的实际成效，同时还应着眼于今后，逐步解决两岸关系发展前进道路上的难题，在反对“台独”，坚持“九二共识”的基础上，进一步增加两岸的政治互信；其二是两岸交流归根到底是人与人的交流，最珍贵的是两岸同胞心与心的沟通，两岸关系发展的过程是不断积累共识、解决分歧、化解矛盾、深化合作的过程，两岸同胞形成的共识越多，就越能为破解两岸关系发展各种难题创造有利条件；其三是两岸交流没有党派之分，没有地域之别，希望两岸各界民间团体发挥更加有力的促进作用，拓展新领域，开辟新渠道，构建新平台，创造新形势，促进越来越多的两岸同胞投身到大交流大合作的历史潮流，成为两岸关系和平发展的参与者、推动者和受益者。贾庆林还特别指出，由于历史和现实的各种原因，一部分台湾民众对大陆缺乏了解，甚至存在误解；目前还有很多台湾同胞没有来过大陆。因此，北京热诚地欢迎他们到大陆来走一走，看一看，增进对大陆经济社会发展的直接了解，增加对大陆同胞的直接接触，也鼓励大陆同胞前往台湾各地，尤其是中南部基层，与台湾同胞交朋友，倾听乡音，两岸同胞完全应该常走动，多来往，大家以诚相待、彼此交心，走亲、访友、做生意，日子就会越过越红火，两岸关系发展的道路就会越走越宽广。

国台办主任王毅也提出了促进两岸“新三通”，那就是“心灵相通、感情相通、命运相通”，真正把两岸民众的心连在一起，把两岸民众的力量汇集在一起，把两岸民众的意志凝聚在一起，共同去推动两岸关系的和平。

总而言之，这届海峡论坛是办得很成功的。但以“没有最好，只有更好”的高标准衡量，还有进一步用足用好用活海峡论坛的长处的空间。实际上，笔者就听到一些台湾朋友抱怨，就是时间太短，活动太集中，不但使各家酒店爆满，而且使人很难兼顾各项活动。而且，由于论坛大会的会场较小，已经到了厦门的近万名台湾民众，只有一千多人能出席，因而有一些人表达失望。为此有人建议，何不参考“××活动月”的做法，将时间拖长为一个月，主项活动与开幕式和论坛大会打包举行，随后的各项活动就接续依次举办，这就不会使人有顾此失彼之感。现在两岸已经“三通”，从台湾到福建一个多小时就可到达，甚至比过去岛内航线还要方便，台湾民众随时可来。

其次是应更突出“人与人的交流，心与心的沟通”，切忌功利性。在一些性质与投资关系不大的分会场上，有些大陆方面代表在发言中特别强调“海西”，还派发了有关某些县市的投资环境简介印刷品，引起一些台湾出席者微言。招商引资不是不能搞，但最好是在与投资有关的分会场进行，以免冲淡分会场主题。

另外，还应设法进一步扩大邀请的广度和深度，虽然出席者大都是台湾南部及基层群众，但绝大部分仍是泛蓝，泛绿团体几乎没有，许荣淑也只是“万蓝丛中一点绿”。这当然因为民进党中央禁止党公职出席海峡论坛所造成。不过，大多数泛绿民众并非是民进党党公职，泛绿团体也不全部受民进党控制，似是可以透过各种办法邀请他们参加。而且，采取前面所说的分散议题方法，也有助于避过民进党“统战”说词。毕竟，民俗中的保生大帝、开漳圣王、延平郡王等信众，有不少是泛绿的，如果将分会场举办的时间与主会场错开进行，就较为容易吸引泛绿团体及群众参加。

海峡论坛上的“侨音”
侨胞对两岸都功不可没

苏玉珍，生长在印尼，后来回中国台湾读书，成为一名新闻记者，在台湾被称为归侨；林军，同样生在印尼，被父母抱回大陆，现任中国侨联主席，在大陆他也被称为归侨。程国强，从台湾旅居加拿大，在台湾被称为侨胞；傅松望，从温州赴西班牙创业，在大陆他也被称为侨胞。

在第二届海峡论坛的两岸侨联和平发展论坛上，他们相聚。台湾侨联总会常务理事葛维新说，海外的侨胞无论是什么党派、阵营，有一个最大的共同点，就是都希望自己的故乡、自己的祖国好！厦门大学南洋研究院院长庄国土说，两岸侨联组织即使在漫长的互不往来的时代，各自的角色也都是相同的，就是服务归侨、侨胞；就是在两岸军事对峙的年代，侨联组织也都是坚持一个中国，并且为这个信念做出了很大的贡献。

台北是个大侨乡

台湾侨联总会理事长简汉生先生在论坛上生动地说：“对我来说，台北就是一个大侨乡。不信你在街上随便拦住一个人，和侨不沾关系的几乎没有。要不自己是学成回来的，要不孩子在外面学习，或者家人在美国、日本工作。”

台湾侨联总会成立于1952年。两岸侨联组织曾经“老死不相往来”。2005年8月26日，“侨联总会全球侨领大陆参访团”到访北京，破冰水暖。第二年，两岸侨联便举办“海外华人和平与发展论坛”，开始了合作之旅。关于2005年这个时间点，世界越柬寮华人团体联合会秘书长余建强是这样解释的："当岛内被'台独'分裂势力和活动闹得乌烟瘴气的时候，当胡锦涛与连战实现历史性握手的时候，我们越柬寮的乡亲，毅然决然与'台独'政权决裂，走上推动两岸和平发展的路。"

本届海峡论坛强调"聚焦民生"，"什么是民生？两岸和平，让台湾和福建的老百姓安居乐业，这就是最大的民生。"这样的答案在论坛上获得最大的认同。

2009年6月，台湾侨联理事长简汉生邀请中国侨联主席林军访台，实现了两岸侨联组织的你来我往。"如果再到台湾，您最想做的是什么？"记者在论坛采访林军时提问。他答："深交几个朋友，解决一点实际的问题。"林军表示，两岸侨联组织的合作要踏实，提出实际的问题，找出可操作的办法，为海外侨胞做一些实事。

侨胞对两岸都功不可没

庄国土院长在论坛上表示，华侨、侨人对两岸的贡献都功不可没。

他介绍，1949年之后，两岸对华侨工作都非常重视。台湾1955年颁布"华侨回台投资条例"，从那时起30年间，引进侨资和技术，配合岛内经济发展战略，促进台湾对外贸易发展、外汇收入和产业转型。尤其是上世纪70年代台湾新竹科学工业园引进美国硅谷华人IT业，提高了科技产业的竞争力。华侨、华人仍然是台湾政治、经济、科技、文化和教育各行业的中流砥柱。而大陆30年来实际利用外资金额8990亿美元，其中海外侨资占近七成。如同1970年以后的台湾一样，1990年以后，大批海外专业人才陆续回到大陆，不少人在各行业开始担当领军角色。

庄国土说，根据最新的研究成果，世界华侨、华人总数约4543万，其中东南亚有3348．6万，约占全球华侨、华人的73．5%。1950年以前，华侨、华人中只有极少数受过高等教育。而今天，华侨、华人的教育程度在美国高于平均水平。台湾从1960年开始派遣留学生，前后留学人员50万到60万。大陆1980年开始留学潮，已有超过200万学子在海外攻读过。这是智力资源，在新的世纪，他们将对中华民族的复兴起到重要作用。

但葛维新提醒，海外大半侨胞还是“寄人篱下”讨生活的状态，他们很辛苦，侨联的首要任务还是帮助他们。而海外侨胞的政治观点可能属于不同的阵营，这些政治观点的形成有个人的、社会的、历史的复杂因素，但无论如何，没有华人希望中国不好，所以两岸的政治人物都要有更宽容、更开放的思维。

欧洲温州华侨华人联合会主席傅松望对此的观点是：在涉及整体民族利益、民族形象的问题上，海外侨胞要协调一致，统一行动；在涉及侨胞生存发展的问题上，要加强协调，发出一个声音。

傅松望提出侨胞要积极参与住在国的社会生活。他举例说，2004年马德里发生爆炸事件时，西班牙华侨华人协会牵头组织华侨华人积极参与西班牙政府组织的反恐怖主义大游行，成为游行队伍中唯一的外国移民团体，令当地社会刮目相看，提高了侨胞的社会形象。

唐人街不只是中国人的街

中国侨联主席林军在接受本报记者采访时，反复强调和谐侨社的概念。记者问“和谐”的具体含义，林军感性地说：“我到西班牙访问侨团侨社时，在机场见到两岸的侨胞都来接机。我听说2008年汶川地震、2009年台湾‘八八’风灾时，西班牙侨社不分大陆、台湾，携手并肩向灾区捐款。今年春节，旅西华侨、华人举行首次‘春节彩装大游行’庙会活动，大陆侨团、侨校、台湾社团、教会、佛教会共同参加，来自两岸的侨胞同庆同乐。这就是和谐。”

而苏玉珍讲述的亲身经历，反证和谐的重要。她说，侨胞早期移民印尼，大多数是做生意，当时遇到任何问题，各侨团都全力帮助向印尼政府交涉解决，侨胞的个人发展也带动了当地的繁荣。但二次大战后，祖国发生内战，侨社也开始四分五裂，有支持“红”的，有支持“蓝”的，甚至也有支持“绿”的。侨社各自为政，结果是华文学校关了，华文报章被禁了，印尼大学规定华裔只能占录取名额的2%，这样的结果是所有华人的损失，无论你是什么政治观念。

林军呼吁，和谐是侨团内部的和谐，是两岸侨社的和谐，是侨社与住在国的和谐。

余建强的经历真正体现了“和谐”二字，他从越南移民美国，任台湾当局侨务顾问，当选台湾海外杰出青年。入籍美国后又当选美国杰出青年。现在任中国侨联委员。他在论坛上提出，海外的唐人街，不只是中国人的唐人街，如果是在美国，我们应该告诉美国人：它也是你们的唐人街，这才是落地生根融入主流的观念。反过来，这也会督促我们改变唐人街的脏、乱、差，因为这是维护我们自己的形象。

苏玉珍提出侨社团结就是力量，可以获得住在国的重视，也可以化解与当地居民的对立。比如印尼的侨胞协助慈济在海啸灾后建立新村，现在已经住进了成千上万的印尼人。“要让他们了解华人对他们的关怀。为侨胞的下一代争取一个更好的环境。”

海峡论坛述评："论"字里面学问多

"论"，《现代汉语词典》给出的解释有 3 种：分析和说明事理；说、看待；衡量、评定。目前，第二届海峡论坛已接近尾声，25 场活动超万人参与的规模掀起了今年两岸交流的又一高潮，而"论"字在其中的学问颇多，不容小觑。

草根的"论"：朴实里透着期盼

乡音叙乡情，有惊喜，有欣慰，有包容，更有渴望，新观点、新举措、新目标，也随着两岸草根间的"论"，一个一个"蹦"出来。

台中县普通女教师周春芬回忆几天来在海峡论坛的所见所闻，得出的结论是：不用等"上面"说，两岸民间已经融合了；"举办这样一个活动，影响一个人就可以影响很多人"，自己就是已经被影响的一个。

第一次参加海峡论坛的阿美族群妇女代表林静玉兴奋地说，论坛规模大、大陆景色美，我真的很激动；现在我来到这里，一定要好好利用这个机会，回去之后把从这里看到、听到、领会到的东西分享给我周围的人。

国民党阿里山乡党部民众服务社理事长许荣镇说，我们基层民众关注的是两岸民间交流、投资、旅游观光、农业技术交流这样的经济议题；虽然政治归政治、民间归民间，但相信民间的交流会融化政治的僵硬。

决策者的“论”：关心民意回应民声

中共中央政治局常委、全国政协主席贾庆林在出席海峡论坛大会时指出，两岸关系发展的主体是两岸同胞，动力来自两岸同胞，成果也惠及两岸同胞。两岸同胞完全应该常走动、多往来。大家以诚相待，彼此交心，走亲访友做生意，交流合作促发展，日子就会越过越红火。

对于两岸日益热络的民间交流，中国国民党副主席黄敏惠认为还有很大的潜力可以挖掘：过去都是以政策推动交流居多，但现在民间的力量则越来越突出，“展现多元的力量，是我们向大时代迈进最重要的动能。”

针对台湾同胞普遍关心的两岸经济合作化框架协议，中共中央台办、国务院台办主任王毅在论坛大会发言时特别向大家介绍了相关情况。他还指出，作为对台事务主管部门，中共中央台办和国务院台办将继续秉持以人为本、注重实效的原则，会同各地各部门积极鼓励和推动两岸民间交流不断发展深化，并尽可能地为此创造条件，提供支持。

学者专家的“论”：透过现象看本质

台湾淡江大学大陆研究所教授潘锡堂总结了本届海峡论坛体现出的意涵与成果：一是创造更多平台让两岸民众实现更广泛更直接的交流，已成新形势下两岸民众的共同期盼；二是建构崭新的民间性质的交流平台，能忠实反映民间对两岸关系的真正看法，而对政策面带来实质影响；三是两岸交流合作正深化到社会生活层面，向民间层次扎根，可望打造两岸“共同生活圈”，使两岸关系进入“社会化”的大交流、大合作、大发展时代。

全国台研会副秘书长杨立宪分析说，海峡论坛的十六字方针中，“倾听民声”就是要了解两岸同胞特别是台湾同胞对两岸关系和平发展有什么见解和主张；“汇集民智”就是要倾听两岸同胞对发展两岸关系有什么好的建议、办法；“凝聚民意”就是要团结两岸同胞，凝聚起一个主流民意；“聚焦民生”体现现阶段发展两岸关系要“先经后政”，立足为两岸同胞谋福祉。

北京联合大学台湾研究院教授徐博东认为，海峡论坛发挥了其他论坛所不能取代的特殊作用，但还有更多的提升空间，虽然参与的台胞有六成以上来自中南部基层，但大部分还是支持蓝营的多，如果有更多有隔阂、有分歧的人士加入进来进行交流，就会更具实效。

台湾媒体的“论”：慧眼独具、内容广泛

台湾媒体高度关注海峡论坛，主要电子媒体、报章杂志均做了及时、深入的报道；越来越多岛内媒体人的目光被吸引过来，他们的“论”，慧眼独具、内容广泛。

台湾 “中视”记者简幸玲认为，这次海峡论坛的很多分论坛都很民生、很实用，当记者的经历，让她亲身感受到两岸关系不断朝良好方向发展，大陆释出的善意也越来越多，这一点让她感到很欣慰，也很高兴。

台湾东森财经台记者刘姿麟说，贾庆林主席提到要多听台湾基层的声音，尤其是中南部的声音，这代表大陆很有诚意要了解台湾；她衷心希望，借由这个活动，能对彼此有更深层次的了解。

台湾“今日新闻网”记者庄雨琳将目光聚焦在了海峡论坛志愿者身上，令她印象更为深刻的是：这边的年轻人不一样，团队工作和单打独斗样样都难不倒；她感叹：这样的人才加上干才，不正是迎向未来的绝佳“软实力”吗？

亲情、乡情，合作、共赢……海峡两岸的同胞坐在一起，无所不谈，无所不论。几天下来，你会发现，两岸民间的“论”，不仅仅是词典中给出的几种涵义，它还是一种亲情的黏合剂，一种宽厚的包容力，更是一种民族的凝聚力。两岸民众分离了这么久，“同”能带来亲切，“异”也会带来美丽和好奇。一个“论”字学问大，海峡论坛已搭起了这个平台，我们欣喜地看到：一个更为广泛、以基层民众为主角的两岸交流时代已悄然来临。

海峡论坛述评：从台胞呼朋引伴到聚焦两岸民生

第二届海峡论坛期间，一篇题为《台胞呼朋引伴来参会》的新闻吸引了笔者的注意。文中说：第二次来参加海峡论坛的台湾行销公司总经理廖凤彬去年是带着“自己先了解了解”的心态只身赴会的，今年，在台湾广播界深耕12年的他，放心大胆“呼朋引伴”，组织了台湾25家广播团体的负责人前来参会，其中大部分是第一次来。

从“先了解了解”到“呼朋引伴”，这一转变，除了两岸间割不断的亲情及双方迫切交流的渴望，海峡论坛的主题——“聚焦民生，惠泽两岸”对台湾同胞的巨大吸引力，恐怕应是重要原因。

“第一届海峡论坛提到的直航、农产品销售等，都是说到做到，符合民众的期待，有些发展进度甚至还超过预期。”廖凤彬的话，正切中了海峡论坛关注两岸民生的主旨。而在第二届海峡论坛，廖凤彬发现，第一届时有些台胞所持的观望、怀疑都不见了，“大家欢呼得很热烈，发自内心地高兴。”这更加证实了“办实事”乃海峡论坛的“魅力之源”。

务实、民生——这是许多与会台湾同胞对第二届海峡论坛的评语。以中国民航局在两岸航空运输发展圆桌会议上宣布的七条政策措施来说，两岸航空业界、学界和民众普遍认为，这些新举措契合了两岸民众最为关注的议题，希望加快落实，让民众真正享受到政策的“利好”。

台中县普通女教师周春芬谈起那场令她震动的开幕式就感叹，“没想到台湾民间团体来了那么多！现场场面那么大！晚会效果那么好！可见大陆是在很用心的为两岸民众做这件事。”

在6月20日的论坛大会间隙，台湾嘉宾林先生告诉记者，“今天的论坛大会没有唱高调，而是针对两岸间存在的问题，如何解决，或是呼吁，很有意思。我们听了觉得大家都是在认真做事情，很不错。”

在台湾“中视”记者简幸玲看来，这次海峡论坛的很多分论坛都很民生、很实用，两岸航空运输发展圆桌会议最后送出降价10%-15%的“礼包”，这跟两岸民众的切身利益都是息息相关的。

台北市议员参选人陈彦伯认为，这次海峡论坛开设了青年、妇女、客家、行业协会等不同族群和阶层的会议，两岸交流已经从宏观议题，进一步发展到具体的不同领域的交流，两岸交流已经呈现出生活化、常态化趋势，逐渐向民间发展，“令人很惊喜”。

“我们的交流不是在空中，而是在心头”。一万多台湾同胞跨海而来，无论是惊喜、感慨，还是欣慰，一切都以民生为出发点，一切都以民生为落脚点。两岸人民坐下来，共同讨论与自身息息相关的议题，海峡论坛确实做到了聚焦民生、倾听民声。初来大陆的台湾少数民族代表包世晶感慨“原来大陆这么好”，还表示回台后“会把看到的好地方宣传给同胞，同时取长补短，共同进步。”星星之火，可以燎原。我们期待更多的“呼朋引伴”，期待更多的民生课题，由两岸人民一起提出、一起解决，从而带动大家一起进步！

海西先行贵在“试”

“这次到厦门，我首先看到‘五缘大桥’，地缘、亲缘、商缘、法缘、血缘。这个‘缘’字的‘绞丝旁’，是缠绕在一起的，是不能解开的。”中国民航局局长李家祥在第二届海峡论坛大会中的一番“说文解字”，正点出了福建在两岸交往中先行先试的先天优势及无可替代。

第二届海峡论坛，在胡锦涛总书记今年春节到福建考察、国务院发布《关于支持福建省加快建设海峡西岸经济区的若干意见》一周年的背景下举办，海西这个主角，自然备受关注。论坛中，两岸航空运输发展圆桌会议、两岸金融合作与发展研讨会、平潭旅游开放开发等多场政策研讨活动，都切中了海西对台交流合作先行先试的议题。

先行先试这一年

海峡西岸经济区，为我们描绘的是这样一个空间概念：东与台湾地区一水相隔，北承长江三角洲，南接珠江三角洲；以福建为主体，涵盖浙江、广东、江西等相邻地区。

从首届海峡论坛至今的一年间，从国务院发布《关于支持福建省加快建设海峡西岸经济区的若干意见》至今的一年间，因为先行先试，一个寒暑的轮回，便见证了一方水土的巨变。

这一年，海西经济区GDP总值约为24585亿元人民币，有专家据年均增长13%推算，海西大约在2015年就可以赶上台湾地区；这一年，海西的路更通了、车更快了，福建因此“变小了”；这一年，闽台城市群迈入“一日生活圈”时代，两岸乡亲越走越亲了；这一年，海西文化魅力凸显，全方位、宽领域、双向化闽台文化交流的良好态势已然形成；这一年，赴台湾访问的福建省经贸文化交流团跨越浊水溪，在全台刮起一阵“海西旋风”。

海峡论坛是重要平台

“在许多台湾民众眼中，北京是官方的代表，上海是商业机会的象征，而福建就是故乡，很亲近。论坛的各种活动内容也是台湾民众熟悉的，比如妈祖、关帝的祭拜活动，台湾民众到这里可以真正感受到‘同根同源’。”海峡论坛大会主持人、台湾媒体评论员张启恺的话，道出了闽台之间特殊的文化、历史、地缘背景；第二届海峡论坛的成功举办，也再次证实了将其作为推进海西发展重要平台的必要性。

近80%的台湾同胞祖籍在福建，147个闽籍同乡会、126个闽籍宗亲会遍布全岛。选择在福建举办海峡论坛，不仅是福建具有大陆其他省市不可替代的优势，更是对闽台交流合作取得成效的一种肯定，也是福建推进两岸交流合作先行先试、建设两岸交流合作重要基地的迫切需要。

论坛期间，一系列的“先行先试议题”得到重视。中共中央台办、国务院台办主任王毅还向台湾同胞发出邀请：衷心希望并热诚欢迎台湾各界人士踊跃参与到海西的建设和发展中来，参与到两岸人民交流合作先行先试区的建设和发展中来！

海西承载了太多期望

“海西建设，福建先行先试”，从最初的一句话，到形成完整文件并落到实处，一个“试”字，即承载了太多期望，这从台湾同胞的评说中可见一斑。

“目前大陆力挺海西，台湾对与海西的连接有相当的期待。”台北大学副教授郑又平认为，海西必须主动出击，大手笔开创两岸合作新模式和新格局。

台湾高雄市中小企业协会理事长李重德认为，海西地区在长三角和珠三角两大磁吸区中间，必须争取让海峡东岸的台湾融入，变成完整的海峡经济区，才是它的未来所在。

中华两岸客家文化交流协会理事长饶颖奇说：台湾和福建都要充分体现其在两岸经贸与和平发展所处的主体地位和带动作用，相互配合和支持，共同开发、加速实现目标。

中国国民党中常委廖万隆表示，现在是海西发展的最好契机，海西最重要的作用是两岸之间交流的平台，期待这个平台不断扩大，逐步实现全方位的交流与合作。

厦门台商协会会长曾钦照认为：经贸离不开钱的往来，海西要想在两岸交流往来中扮演好试点角色，必须争当两岸金融合作的先行者。

台湾“中国生产力中心”董事长许胜雄表示，两岸中小企业都面临转型升级的问题，对台商而言，海西经济区将会是一个很好的发展平台，将成为台商来大陆投资的一个新的重要窗口。

目前，正是两岸关系进一步向前推进的关键时期。但既然是“试”，就要包容不足、允许争议甚至错误。我们已经走出了“试”的第一步，就有了期待成功的理由与自信。回眸首届海峡论坛，诸多活动和措施效果不是已经显现了吗？一幕幕两岸大交流、大合作、大发展的“大戏”还将陆续在福建登场，成为在新起点上加快推进海西建设的强大动力。期待两岸在“先行先试”的过程中探索出一条行之有效、实现互利双赢的模式，期待两岸的共同努力，早日换回中华民族的再次腾飞！

交流常来常往 心灵越走越近

花团锦簇、胜友如云的第二届海峡论坛拉开大幕以来，两岸同胞真情欢聚，亲情、乡情、友情水乳交融，了解、交流、合作缭绕心灵。我们强烈感受到：加强交流是两岸民众的人心所向，是两岸关系发展的大势所趋，是谁都无法违背和阻挡的历史潮流。笔者浏览网络，撷取几则台湾同胞的视角与感悟，是为呼应大势，呐喊助威。

“多交流，对人民最好”

当论坛大会介绍到台湾“人民最大党”主席许荣淑时，全场响起一片掌声。去年，因为参加国共论坛被批，民进党创党元老许荣淑，离开了民进党，自己创立了“人民最大党”。

“这是我第二次来大陆参加活动，我觉得要多来、多了解、多交流，对人民最好！”许荣淑表示，“以前没有机会来，现在要花更多时间来了解大陆，没了解就下定论，是不好的！”

阿美族群的妇女代表林静玉是第一次参加海峡论坛，在论坛大会现场，她略带兴奋地笑着说，“论坛规模大、大陆景色美，我真的很激动，当我感受这些时，我更希望有更多的普通民众特别是台湾中南部地区的乡亲能有这样的机会。”

林静玉表示，“现在我来到这里，一定要好好利用这个机会，回去之后把从这里看到、听到、领会到的东西分享给我周围的人”。

“来了之后才知道，原来大陆是这么一个好地方”

参加第二届海峡论坛的台湾少数民族代表包世晶这几天收获不少，既有故乡歌舞的陪伴，又有新朋友结识，还能四处走走看看。

包世晶以前没有来过大陆，这次来参加海峡论坛，是他第一次登陆。经过初步观察，他对这边的第一印象非常好。“过去因为没有来过，在电视上看到也不觉得怎么样，亲自来看时就大开眼界。无论建设还是人情，或是在整个活动的安排上，真是非常好，值得我们学习。”

“来了之后才知道，原来大陆是这么一个好地方”。包世晶表示，回台之后“我们会把看到的好地方宣传给同胞，同时取长补短，共同进步。”

“影响一个人，就可以影响很多人”

周春芬是台中县大里市人，职业是社区大学的音乐教师。2001年，30多岁的她第一次来大陆，带着还是小学生的儿子旅行，地点是珠海与深圳。时隔9年，忍不住好奇再来大陆看看的她，谈起对大陆的感受，脱口而出的是“很好很好，进步很多，不像以前想象中的落后”。尤其对活动主办地厦门赞不绝口：“城市建设、人文素质，乃至消费能力都令人吃惊”。

谈起第二届海峡论坛开幕式暨综艺晚会，她说，“我本来以为就是参加个两三百人的聚会，但没想到台湾的民间团体来了那么多！场面那么大！晚会那么好看！可见大陆是在很用心的为两岸民众做这件事。”

凭着自己亲身体验，周春芬直言海峡论坛这样的大活动对民间交流有着很大的促进作用。她说“举办这样一个活动，影响一个人就可以影响很多人”。此行虽然才仅仅几日，但已决定在经济能力许可的时候还会再来大陆，而且还要让已上大学的儿子和自己的学生来大陆走走看看。

“两岸就是要谈要说才能够有将来”

来自台湾工商建研会的嘉宾嵇国忠先生认为，“两岸就是要谈要说才能够有将来，因为什么事情都没有办法一步到位，只有多谈多说才有可能”。

嵇先生表示，“台湾还有很多人没有来过大陆，大陆也有更多人没有去台湾”，两岸之间、两岸民众之间的交流与沟通还需进一步提高，“海峡论坛就提供了这样一个平台”，而且，以前两岸的论坛基本都是经贸类，现在海峡论坛中科技、人文、儿童等各方面也都开始交往了，更好不过。

“两岸本来就是一家人，一家人吵吵闹闹没有关系。海峡论坛为两岸民众提供了一个平台，吵吵闹闹或者随便说一说都行。总之是要提供这么一个场合，供两岸民众发表意见和想法，让大家了解，这样子会减少很多的隔阂和误解，两岸之间也会更融洽”。

“促进两岸下一代交流是我们的历史责任”

作为“和平小天使两岸手拉手”活动最初的策划人之一，中华企划人协会理事长翁林澄动情地说：“促进两岸下一代交流是我们的历史责任。”

翁林澄说，政治理念的不同，并不能割断两岸人民的交流交往。要让两岸的下一代增强交流和沟通，用实践要比传教来的有效。和平小天使活动让两岸的少年儿童互相交融，在相同的环境中体验团队生活，在相处中加深对中华文化的理解和认同感。

□6月20日晚，第四届海峡两岸客家高峰论坛在龙岩举办文艺晚会，演绎客家风情。

他并希望，两岸下一代的交流不仅仅局限于互访游览、展示双方才艺等。在条件成熟时，这种交流交往应成为家庭对家庭的模式，让孩子们真正在大陆或台湾的家庭中生活一段时间，并与家庭就社会关注的某些问题进行社会调查，以此更深入地了解对方。

“常来常往，越走越近”

台北的陈嘉尚代表说，首次参加海峡论坛，感觉气氛融洽，两岸交流发展势头良好，让台湾的民众更有信心，继续往前走。他认为两岸的交流活动不仅能够促进两岸人民的了解、中华文化的传承，在经济及产业方面更为寻找平台对口商机的台湾企业提供了快捷和便利的认知渠道。

台湾企业代表李永能说，海峡论坛不论是规模和交流活动一年比一年内容丰富，一年比一年更好，台湾同胞的参与亦更加踊跃。希望两岸能“常来常往，越走越近”。

来自台湾的私立中学董事长罗文贵则认为，两岸在和平与和谐的氛围中不断加强交流交往，“我们的距离越来越近，心与心更紧紧相连。”

交流推动两岸迈向“大时代”

如果说，2009年首届海峡论坛的成功举办，为两岸民间交流开启了一扇崭新的大门；那么，正在进行中的第二届海峡论坛，则是要在两岸大交流局面已然形成的当下，将这个新时代再向前大力推进，而其中最重要的力量，仍然是“交流”！这从20日上午举行的第二届海峡论坛大会各位嘉宾的发言中，尤其能够体会到。我们有足够的理由相信，在大交流的推动下，两岸一定能够迎来大合作、大融合、大发展的“大时代”。

两岸交流是人心所向。两年来两岸交流的成果是如此喜人，以至于几乎每一位嘉宾在致辞时，都不约而同对此进行了回顾。数字在有力地说话：去年两岸人员相互往来达540万人次，创历史新高；预计2010年大陆赴台的游客将突破100万人，两岸相互人员往来将超过600万人次。台湾高雄市议会议长庄启旺发言时，以高雄市观光产业曾遭冰点的切身经历指出：不要因为少数人的意识形态作祟，妨害了两岸人民的互访交流，妨害了高雄的商机。中共中央台办、国务院台办主任王毅则指出：一年来两岸交流的成果再次证明一个道理，加强交流是两岸民众的人心所向，是两岸关系发展的大势所趋，是谁都无法违背和阻挡的历史潮流。

两岸交流有共同语言。论坛大会中，多位嘉宾致辞时都以“同胞们”称呼大家，台湾的嘉宾则是入乡随俗地以“早上好”来打招呼。这些互释友善的小细节无不在宣告：两岸人民间的交流是不应该存在障碍的。正如国民党副主席黄敏惠所说，她对自己在开幕式时清唱《阿里山的姑娘》得到台下观众的齐声跟唱“一点也不意外，因为这是大家共同的语言”。

两岸交流不怕“吵吵闹闹”。既然需要交流，就是因为有不同的声音存在。来自台湾工商建研会的嵇国忠的一句话令笔者印象深刻，他说：两岸民众应该多“谈谈说说”，减少隔阂与误解；两岸本来就是一家人，一家人吵吵闹闹没有关系。这个观点，与大会中的很多发言如出一辙。中共中央政治局常委、全国政协主席贾庆林即指出：由于历史和现实的各种原因，一部分台湾民众对大陆还缺乏了解甚至存在误解，对两岸关系发展还持有疑虑，这是一时难免的；我们愿意积极与他们沟通，以最大的包容和耐心加以化解和疏导。国民党副主席黄敏惠也认为：多元的声音，正是两岸向大时代迈进的最重要力量；两岸通过交流能化解更多误解，能让我们共创双赢，甚至未来共同创下历史最好的见证，做最好历史的推动者。

两岸交流贵在“常走动”。贾庆林指出，目前，多数台湾同胞还没有来过大陆，我们热诚欢迎他们能够到大陆走一走、看一看，两岸同胞完全应该常走动、多往来。无独有偶，黄敏惠和庄启旺在致辞时也都热情地邀请大陆民众到台湾走走、看看。两岸交流互有诚意可见一斑，两岸人民急需“走动”，也可见一斑。

□ 6月20日晚，大型现代京剧《海上生明月》在厦门上演，博得两岸宾朋的掌声。

两岸交流需要更多新形式。贾庆林指出，新形势下的两岸交流理应向更宽领域、更大规模、更深层次迈进。王毅也表示，希望两岸各界积极创新交流方式，打造更多符合自身特色、体现本地优势的交流平台，在两岸间形成全方位、多层次、机制化的交流格局。黄敏惠也认为，两岸应该继续在历史的洪流中站对位置，创造奇迹。

第二届海峡论坛大会会场内，主席台前“聚焦民生，惠泽两岸”的大字，与观众席上“扩大民间交流、加强两岸合作、促进共同发展”的条幅遥相呼应，甚是醒目。海峡论坛正在逐渐成为两岸民间交流的品牌活动，与会者们的观点还在源源不断地涌出，如何让这些交流的声音切实发挥作用？如何让两岸民间交流常态化？是两岸共同面对的重要课题。

两岸交流要向前看、向未来看，两岸交流不是一时一事，重在可长可久，“就像面前的这条海峡，汇聚了两岸的涓涓细流之后，也必将凝结成今天所看到的充满着温暖充满着澎湃的动人景象。”今天，跨海而来的逾万名台湾同胞与大陆同胞一起，在昔日的海防前线尽抒情怀，就是交流的结果；未来，两岸更要像贾庆林主席所说：大家以诚相待，彼此交心，走亲访友做生意，交流合作促发展，日子就会越过越红火，两岸关系和平发展的道路就会越走越宽广！

为海峡论坛喝彩

“让我们一起为海峡论坛喝彩！让我们一起为海峡论坛加油！”今天，随着第二届海峡论坛圆满落下帷幕，中台办、国台办主任王毅在开幕式上的这句话又回响在笔者耳边。过去8天，万余名来自海峡两岸的草根齐聚一堂，共同为推动一个更为广泛的两岸交流新时代积极贡献心力；今天，让我们细数这届海峡论坛中的几个“最”，回味激情、体验“精彩”。

最是亲情暖人心。两岸间的一切交往，都离不开“亲情”二字，第二海峡论坛自然也是如此。就像海峡论坛大会主持人、台湾媒体评论员张启恺所说：两岸民众聚在一起，说起话来乡音都相同，这种“见面三分亲”的效果有时比送经贸“大礼包”更能打动人心。因为海峡论坛，6月的厦门，处处洋溢着浓浓的同胞情与欢乐祥和的喜庆气氛。台北市新竹县同乡会首席顾问范振宗放言：“只要两岸携手，50年以后，中国必将成为世界最强。”期待血脉同源的力量，为这个美丽的愿景插上坚强的翅膀。

最是民生挂心间。务实、民生，是许多与会台湾同胞对第二届海峡论坛的评语。以中国民航局在两岸航空运输发展圆桌会议上宣布的七条政策措施来说，大家普遍认为，这些新举措契合了两岸民众最为关注的议题，希望加快落实，让民众真正享受到政策的“利好”。“我们的交流不是在空中，而是在心头”，海峡论坛以民生为出发点、以民生为落脚点，确实做到了聚焦民生、倾听民声。

最是交流不可缺。第二届海峡论坛，在聚集了台湾各县市代表、工商企业界、文化教育等界别代表的基础上，还包括了台湾基层民众，中南部乡亲、少数民族同胞和行业代表、民间社团人士以及妈祖、关公、保生大帝、陈靖姑、开漳圣王、延平郡王等民俗信众，凸显民间性、大众性、广泛性的特点之余，交流在两岸间的不可或缺也显现无疑。这从台湾《联合报》资深记者林琮盛的观点或可了解：两岸的历史纠结不是一天两天就能化解开的，乐见海峡论坛让两岸民众有一个“脑力激荡”的机会，撇开“统独”意识、个人喜好、价值观差距不谈，理解，正是目前两岸亟须建立的支柱，尤其是交流已成为两岸和平发展的基础。当两岸民众彼此认识的朋友越多，彼此理解的程度也将加深，“和平”也必将在两岸之间结下更完美的果实。

最是文化显魅力。第二届海峡论坛在内容设计上更加突出文化内涵，充分展示了闽南文化、妈祖文化、客家文化等地域文化特色，突出文化产业对接，注重群众性文化交流活动的受众面。与会的两岸民众在这里共享文化盛宴、感受交流氛围、融洽彼此感情，也能深刻地体会到：政治隔阂、历史成见都只是暂时，只有文化同源才是永恒的。

最是海西吸眼球。第二届海峡论坛，在胡锦涛总书记今年春节到福建考察、国务院发布《关于支持福建省加快建设海峡西岸经济区的若干意见》一周年的背景下举办，海西，自然成为最吸人眼球的主角。论坛中，两岸航空运输发展圆桌会议、两岸金融合作与发展研讨会、平潭旅游开放开发等多场政策研讨活动，都切中了海西对台交流合作先行先试的议题；如何将两岸交流愿景与海西发展议题相结合，如何充分发挥福建在海峡西岸经济区建设中的主体作用，都成为论坛中的热门话题。

“两岸交流归根到底是人与人的交流”，海峡论坛的品牌效应正在两岸民间逐渐成形。回眸首届海峡论坛，诸多活动和措施效果早已显现；如今，第二届海峡论坛也圆满落幕，它的效果几何，有数字来评说，也有两岸民众的心来评说。无论如何，两岸大交流、大合作、大发展的新时代已向我们走来；海峡论坛的闭幕绝不是结局，而是新的开始。让我们站在新的起点上，为海峡论坛喝彩！为两岸更加精彩的明天，喝彩！

一脉传承 文化行远

1300多年前，陈政、陈元光父子奉诏率领87姓府兵及其家属，开发闽粤，建置漳州，并由此繁衍至台、港、澳及东南亚，形成独具特色的开漳圣王文化。目前，圣王信仰是台湾“四大民间信仰”之一。6月18日下午，与台湾仅一水之隔的漳州，迎来了第三届国际开漳圣王文化联谊大会的开幕；随后，开漳圣王史迹展览、漳台族谱对接展览、漳窑陶瓷展览、书画展览等配套活动一一展开。

历史如果仅仅是事件的集合，那毫无疑问是干瘪的，只有具有文化的历史才是饱满的。第二届海峡论坛中，两岸民间习俗、传统文化等对接和互动活动不胜枚举，其中多个活动在论坛正式开幕前即已率先登场，一曰“为论坛预热”，却也颇有“两岸交流，文化先行”的意涵。

18日，香火旺盛的湄洲岛妈祖庙再次迎来一批从台湾而来的信众，第二届海峡论坛的序幕也由此拉开。用妈祖文化活动开启海峡论坛序幕，这是第二次，也再次见证了妈祖文化已成两岸基层民众情感交流的重要桥梁和纽带。

19日，海峡两岸19支合唱团队相聚在福州西湖之畔，以歌会友、以歌传情。20日，海峡影视展映展播周在厦门拉开帷幕，“两岸明星走红地毯”环节引来影迷不断尖叫。想来，大陆人对台湾的印象来源，音乐和影视剧无疑首当其冲；它们能引起两岸人的共鸣，若非基于文化同源的背景，又怎会如此默契？

19日，第三届海峡两岸（厦门）文化产业博览交易会开幕，这场延续了“一脉传承，创意未来”主题的文化产业盛会，令来自台湾的新党主席郁慕明感慨颇多。他指出，今天中华文化传承的工作已经根植两岸；两岸交流交往越来越频繁、内容越来越丰富，就是根基于民族认同和文化的传承。

以整合两岸文化资源，促进海峡两岸图书出版业交流合作为目标的“海峡书局”目前已进入紧张筹建阶段，台南市已建造完成的郑氏商船初步计划明年重走海上“成功之路”……这些从第二届海峡论坛中传出的消息、这些两岸普通民众共同营造出的文化气息，令人振奋、欣慰、感动。

一脉传承，文化行远。两岸民间文化的交流从未间断过。因为，忘却了文化，就是忘却了先祖；忘却了先祖，就是丢失了灵魂。政治隔阂、历史成见只是暂时，文化同源才是永恒。海峡两岸在文化上的同根同源、水乳交融，特别是普通民众在民间文化上的交流，没有任何外力可以阻挡得住。两岸的百姓，正在用我们共同的文化传承，在海峡论坛平台上实践一个真理：文化如水，看似柔弱，实质坚强，它是我们中华民族的根！

用“心”连接两岸的“情”与“缘”

“我们还要让两岸心灵相通、感情相通、命运相通，真正把我们两岸民众的心连接在一起……”19日晚，第二届海峡论坛开幕式暨综艺晚会在厦门国际会议展览中心闪亮登场，中共中央台办、国务院台办主任王毅致辞时的一段话充满感性，也令笔者深切地体认到：两岸间的交流，永远离不开两个字，即“情”与“缘”，而这两个字眼的温暖之处，正是将其连接起来的、来自海峡两岸的无数颗“真心”。

因为海峡论坛，6月的厦门，处处洋溢着浓浓的同胞情与欢乐祥和的喜庆气氛。而这些，都真实地浓缩在了19日晚的厦门国际会议展览中心。

开幕式伊始，作为现场观众的8000余位来自两岸的各界代表，在主持

□6月20日晚，第四届海峡两岸客家高峰论坛在龙岩举办文艺晚会，演绎客家风情。

人的介绍下纷纷亮相。随后，中共中央台办、国务院台办主任王毅与中国国民党副主席、嘉义市市长黄敏惠致辞时，都不约而同使用了闽南语向大家问好。现场浓浓的家乡气氛，让你无论是在会场内，还是坐在电视机前，都被深深地感染。

中华情、海峡缘，需要用“心”来相连。正如王毅致辞时所说：两岸交流归根到底是人与人的交流，我们已经实现了两岸的通商、通航和通邮，除了这“三通”之外，我们还要让两岸心灵相通，感情相通，命运相通，真正把我们两岸民众的心连接在一起，把我们两岸民众的力量汇集在一起，把我们两岸民众的意志凝聚在一起，共同去推动两岸关系的和平发展，共同去开辟两岸关系的美好未来，共同去迎接中华民族的伟大的复兴。

其实， 两岸民间交流的广泛与深入，从黄敏惠清唱《阿里山的姑娘》时得到台下两岸人民同声附和即可看出。黄敏惠说，自己的声音不一定最好听，但却是最真实的；希望我们用不同的声音，同样的感情在这里交流。

晚会中，著名京剧艺术家梅兰芳与李少春之子梅葆玖、李宝春携手献艺，再续当年父辈联袂演出的梨园佳话，这是“缘”；来自两岸的115名和平小天使共唱一首《同是一个梦》，这是“缘”；8000余位来自两岸不同地方的乡亲共聚一堂，更是“缘”。

而这“缘”的背后，是两岸一家的“亲情”。台湾少数民族民意代表高金素梅说得好，参加了两届海峡论坛，深深感受到两岸人民自然流露出来的民族感情；两岸之间不只有经贸、文化的交流，更重要的是情感和爱心的交流。

有情、有缘、有心！有时候，话不用多说，已足以表明心迹；用词不必华丽，却足以震撼心灵。两岸间的一切，绝不会随着一场“嘉年华”的结束而结束。请允许笔者用那首被历届小天使吟唱过无数遍的《同是一个梦》结束这篇文章：“一样的大地，一样的天空，你我未来命运相与共。一样的血液，一样的光荣，心中拥有同是一个梦。”

海峡论坛四“T”架构更加鲜明

以“扩大民间交流、加强两岸合作、促进共同发展”为主题的第二届海峡论坛，20日在福建全面展开，时隔一年再次掀起两岸大交流的情感大潮。

随着开幕式综艺晚会、论坛大会等一场场系列活动的陆续举办，海峡论坛的四“T”架构，即突出民间交流、突出两岸互动、突出基层对接、突出海西先行，更加鲜明地呈现在了我们面前，也让我们看到在国共论坛、两会商谈之外一个两岸交流新平台的打造。

——突出民间交流。举办海峡论坛，就是要让两岸民众唱主角，鼓励更多的民众参与到两岸交流合作中来，增加更多的直接交往。本届海峡论坛25场活动的安排体现了这一基本主旨。

两岸民众共同参与是海峡论坛的一大特点，也是其“民间性、广泛性、社会性”的具体体现。从参加本届海峡论坛的超万名台湾民众来看，大佬们少了，更多的都是来自民间的基层民众，打破了去年的8000人纪录；参与界别更加多元、广泛、齐整，包括了台湾25个县市，来自台湾工会、青年、妇女、文化、体育、工商、农业和旅游等30个界别的民众，民间色彩浓郁。

——突出两岸互动。海峡论坛是专门为两岸民众开展交流、增进了解、加强合作而打造的新平台，突出平等参与和双向互动。因此，无论是30家台湾机构和32家大陆机构共同主办，还是系列活动的安排、大会发言乃至晚会主持人和参演人员的搭配，本届海峡论坛都处处体现了两岸互动、交流合作，多方参与的特点。

尤为醒目的是，妈祖文化活动周、开漳圣王及部属后裔回漳谒祖进香、海峡两岸客家高峰论坛、台湾百家关帝庙信众福建谒祖会乡等活动，更是以海峡两岸一脉相承的文化元素为桥，展开两岸民众的互动交流，也充分揭示了海峡论坛的“民间性”、“草根性”特点。

——突出基层对接。面向基层，促进基层对接，也是海峡论坛的一大特色。本海峡论坛上，这一特色更加明显。漳州的开漳圣王及部属后裔回漳谒祖进香活动上，4对漳台开漳圣王庙宇对接“兄弟庙”、“义结金兰”，漳州与台湾“十姓百村”成功联谊对接；21日-22日在三明举行的海峡两岸乡镇对口交流大会，是海峡论坛最有特色的两岸基层乡镇对接交流活动；20日-23日的武夷山朱子文化节，也以两岸故里、乡镇、学校对接联谊为管道，举办福建南平市与台湾县市、乡镇、学校对口交流。

——突出海西先行。首届海峡论坛前夕，适逢大陆出台《关于支持福建省加快建设海峡西岸经济区的若干意见》，海西区发展战略成了参加论坛的两岸嘉宾热议的话题。一年后的本届海峡论坛上，海西依然是主角之一，两岸航空运输发展圆桌会议、两岸金融合作与发展研讨会、平潭旅游开放开发等3场政策研讨活动，即切中海西区对台交流合作先行先试的议题。

中国国民党中常委廖万隆就在本届海峡论坛活动上表示，现在是海西发展的最好契机，海西最重要的作用是两岸之间交流的平台，他期待这个平台不断扩大，逐步实现全方位的交流与合作。

横亘在两岸之间的一湾浅浅海峡，承载的已不再是乡愁，而是亲情，是交流，是合作，是共赢。正如中共中央台办、国务院台办主任王毅在开幕式上致辞时的期许，“除了这‘三通’外，我们还要让两岸心灵相通，感情相通，命运相通，真正把我们两岸民众的心连接在一起，把我们两岸民众的力量汇集在一起，把我们两岸民众的意志凝聚在一起，共同去推动两岸关系的和平发展，共同去开辟两岸关系的美好未来，共同去迎接中华民族的伟大的复兴。”

海峡论坛综述：惠及两岸的民间大交流大聚会

6月19日至25日，以“扩大民间交流、加强两岸合作、促进共同发展”为主题的第二届海峡论坛系列活动在福建省9个设区市相继举行，万余名来自台湾各界别的台湾乡亲跨海而来，相聚海西，畅叙亲情，共话交流。本届论坛规模之宏大、内容之丰富、两岸与会人士代表性之广泛，都属前所未有——32个大陆相关部门和30个台湾相关单位联合举办，比去年多了8个；参会的台湾乡亲超过万人，比去年多了2000多人；参加对象更具代表性和广泛性，来自基层的约占80%，中南部乡亲约占60%，许多乡亲是第一次参加海峡论坛，有的甚至是第一次来大陆；台湾工会、青年、妇女、文化、体育、民间信仰、工商、农业、旅游等30个界别的代表人士参加，比首届新增10个交流界别；台湾媒体参与热情明显高涨，近80家媒体、记者100多人参与报道。

参加论坛的两岸人士一致认为，海峡论坛是真正惠及两岸同胞的民间大交流、大聚会，影响深远。

民间盛会，基层互动。海峡论坛的成功举办推动着两岸交流向纵深发展海峡论坛是一场盛大的两岸民间交流嘉年华。

论坛分开幕式暨综艺晚会和论坛大会、政策研讨、两岸文化艺术交流、民间民众嘉年华四大板块，活动多达25场，内容精彩纷呈，形式灵活多样——18日，妈祖文化活动周拉开序幕，由台湾32家妈祖宫庙的350余名妈祖信众代表组成的进香交流团，与千余名大陆乡亲至湄洲岛妈祖祖庙谒祖进香，共同感受妈祖信俗内涵；首次成为海峡论坛子项目的第八届海峡青年论坛19日在厦门举行，海峡两岸的800余名青年精英相聚海西谋发展；海峡两岸合唱节上，两岸19支合唱团队齐聚福州西湖之畔，以歌会友、以歌传情。

第三届海峡两岸(厦门)文化产业博览交易会，延续“一脉传承，创意未来”主题，吸引两岸众多参与者和观众；和平小天使两岸手拉手活动在福州开始这项活动18年来的第12次互访，把友谊的种子留在了两岸少年儿童心间；海峡两岸大学生职业技能大赛暨创新成果展在厦门举行，吸引了来自两岸59所高校的800多名师生同台竞技、展示和交流；两岸航空运输发展圆桌会议、两岸金融合作与发展研讨会、两岸中医药发展与合作研讨会、开漳圣王及其部属后裔回漳谒祖活动暨第四届海峡两岸开漳圣王文化节、台湾百家关帝庙信众福建谒祖会香活动、两岸少数民族联谊交流会、两岸客家高峰论坛、两岸乡镇对口交流会等一场场活动，都紧紧围绕海峡论坛“扩大民间交流、加强两岸合作、促进共同发展”的主题，突出基层参与，突出两岸互动。

总之，无论你来自海峡哪一边，无论你是基层代表、学者专家、企业家，还是大学生、小朋友，都可以在第二届海峡论坛找到喜欢的话题、论道的平台、结交的朋友。

因而，澳门的媒体评论说，海峡论坛有别于“国共论坛”的以两岸精英人士为主，由“草根”阶层“发声”，从经济领域向其他领域拓展，交流对象从政经各界向社会基层深入，交流地点从城市向农村，从北部向南部延伸。

海峡论坛是两岸民众面对面的沟通，心与心的交流。台东县达仁乡乡长包世晶是台湾排湾族，第一次来大陆。这几天来他参加了海峡论坛开幕式、大会等，到厦门海沧区参观，并参加了海峡两岸乡镇对口交流会。他激动地说：“到了这儿，发现我们说的话是一样的，跳的舞蹈基本动作也是一样的，跟大家交流就像走亲戚聊家常一样。我邀请大家到我们部落来旅游。”

“人之相知，贵相知心。”贾庆林引用两岸中国人熟悉的西汉李陵《答苏武书》中的名句，来强调民间交流的重要性。他说：“两岸交流，归根到底是人与人的交流，最珍贵的是两岸同胞心与心的沟通。”

去年，两岸人员往来达到540万人次。大陆居民赴台交流参访和旅游突破93万人次，首次来大陆的台湾民众达33万人次。在本届论坛上，大陆方面对台湾基层民众特别是从未来过大陆的台湾民众，张开更加热情的臂膀。中台办、国台办主任王毅表示，我们愿意继续为台湾更多基层民众，特别是从没有到大陆来过的台湾同胞，创造参访机会，提供这方面的便利。据预计，今年大陆赴台游客有望突破100万人次，两岸相互人员往来将超过600万人次。

聚焦民生，惠泽两岸。海峡论坛取得的共识与成效将惠及两岸人民在20日举行的第二届海峡论坛大会会场，用黄色鲜花拼成的“聚焦民生，惠泽两岸”八个大字格外醒目。这是大会的主要议题，也是两岸同胞共同关注的焦点。

论坛大会上，全国政协主席贾庆林提到两岸合则两利分则两害、两岸民间交流是增进同胞感情、扩大共同利益的最好方式，引起了两岸各界人士的强烈共鸣；王毅回应正在商签的两岸经济合作框架协议(ECFA)，令大家广泛关注；中国民航局局长李家祥宣布两岸航线票价将降低10%至15%等，消息通过媒体传播后立即在岛内引起热烈反响……

台湾同胞普遍认为，海峡论坛是真正惠及两岸同胞的民间大交流、大聚会。

在具体的活动安排上，更是让两岸的参与者直接感受这点：

18日，前来拜谒“开漳圣王”的台胞乘坐“新金龙”号客轮顺利抵达漳州港客运码头。金门县县长李沃士高兴地说：“40多分钟就到了，这比什么都方便。希望通过两地之间共同努力，实现漳台航线的常态化运用，为两岸交流合作书写新的篇章。”

19日开幕的第三届海峡两岸(厦门)文化产业博览交易会，台湾地区共有22个县市参加，已经成为两岸文化产业交易、投资的重要桥梁。文博会共签约项目138个，总金额达98.9835亿元，分别比上届增长了68.29%和13.71%；两岸航空运输发展圆桌会议上，中国民航局宣布，台资飞机维修企业可落户大陆，两岸航线票价将下调等，让两岸民众、企业获得实实在在的好处；21日至22日在三明举行的海峡两岸乡镇对口交流大会，是海峡论坛最有特色的两岸基层乡镇对接交流活动。活动促成117对两岸基层乡镇实现对接，并达成了100多项包括结为友好乡镇、经贸合作、文化交流、旅游开发、农业开发等在内的对接共识与合作协议；“五缘”流长，海西先行。海峡论坛成为展示海西先行先试的大舞台将海峡西岸经济区建设成为两岸人民交流合作的先行先试区，是我省新形势下的重要目标。

论坛期间，一系列的“先行先试议题”得到重视，一些惠台先行先试政策在此发布。

福建省委书记孙春兰在海峡论坛大会上宣布将厦门经济特区扩区到全市，并将在福建实行促进两岸交流合作先行先试多项新政策，引起两岸广泛关注。

两岸航空运输发展圆桌会议聚焦“推动海西在拓展两岸空中往来通道方面先行先试”的议题，并出台多项利好政策，预示着闽台航运高速发展时期到来。中国民航局宣布，未来5年内将在海峡西岸经济区翻建、扩建4座机场，新建4座机场，包括在平潭综合实验区建设机场，实现各设区市均有民用机场。同时，还决定增加20个航班给厦门和福州航点，使闽台周航班增至51班。新增航班有望将福州、厦门打造成为内陆游客赴台湾东部的一个中转平台。

两岸金融合作与发展研讨会以“加强两岸金融合作，共促海西经济发展”为主题，为建立两岸区域性金融服务中心奉献两岸金融界专家的智慧和经验。

福州(平潭)综合实验区作为海峡西岸经济区建设的突破口、先行先试点，更是吸引了参加海峡论坛的两岸人士眼球。平潭旅游开放开发研讨会上，两岸专家以两岸“共同规划、共同开发、共同管理、共同经营、共同受益”为目标，探讨平潭海岛旅游胜地发展模式。

交流、合作、共赢。海峡论坛作为两岸民间交流的平台、两岸经贸合作的平台、两岸合作交流政策研讨的平台和两岸合作交流的枢纽平台作用正日益凸显，将在两岸交流中写就新的华章。

续写两岸民间交流新篇章

以“扩大民间交流、加强两岸合作、促进共同发展”为主题的第二届海峡论坛6月19日—25日在福建省举办。本届论坛主会场设在厦门市，分会场根据论坛内容和活动项目安排在其他8个设区市，共吸引来自台湾工会、青年、妇女、文化、体育、工商、农业、旅游等30个界别的万余名嘉宾参会，海峡西岸再次掀起两岸基层民众交流欢聚情感大潮。

特色彰显，打造两岸民间交流的重要平台

本届海峡论坛围绕“聚焦民生，惠泽两岸”议题，设置了开幕式暨综艺晚会和论坛大会、政策研讨、两岸文化艺术交流、民间民众嘉年华四大板块25场活动，主办单位多达62家。与首届海峡论坛相比，第二届海峡论坛突出以下四个特点：

一是民间交流。两岸民众共同参与是海峡论坛的一大特点，也是其“民间性、广泛性、社会性”的具体体现。从参加本届海峡论坛的上万名台湾同胞来看，更多的都是来自民间的基层民众，其中来自岛内最基层乡镇、村里的普通民众占了八成，中南部乡亲约占六成，许多人从未来过大陆，打破了去年的8000人纪录。另外，参与界别更加多元、广泛、齐整，包括了台湾25个县市。活动在邀请工商企业界、文化教育界等界别基础上，扩大邀请闽南族群、客家族群、少数民族和行业代表及民间社团人士；在邀请台湾知名人士、社会精英的同时，邀请更多的台湾基层民众和

妈祖、关帝、保生大帝、陈靖姑、开漳圣王、延平郡王等民俗信众。

二是两岸互动。海峡论坛是专门为两岸民众开展交流、增进了解、加强合作而打造的新平台，凸显平等参与和双向互动。因此，无论是充分展示闽南文化、妈祖文化、客家文化等地域文化特色的内容设计，还是注重群众性交流和扩大交流活动受众面的文化产业对接，都让所有参与论坛活动的民众和其他普通民众共享文化盛宴，感受交流氛围，融洽彼此感情。可以说，以海峡两岸一脉相承的文化元素为桥，本届海峡论坛处处营造并体现两岸互动、交流合作、多方参与的亮点。

三是基层对接。论坛突出民众参与这个主体，让两岸百姓当主角。通过举办一系列活动，深化两岸基层民众的交流，扩大基层参与面，开展基层各界别的对口联谊，促进基层对接常态化，争取形成更多的合作共识和成果。比如，漳州的开漳圣王及部属后裔回漳谒祖进香活动上，4对漳台开漳圣王庙宇对接“兄弟庙”、“义结金兰”，漳州与台湾“十姓百村”成功联谊对接；21日—22日在三明举行的海峡两岸乡镇对口交流大会，是本届论坛最有特色的两岸基层乡镇对接交流活动；20日—23日的武夷山朱子文化节，也以两岸基层联谊为渠道，开展福建南平市与台湾县市、乡镇、学校的对口交流。

四是海西先行。把两岸交流愿景与海西发展议题相结合，进一步落实国务院支持海西建设《意见》以及一系列中央惠台政策，研讨海西率先探索、率先实践等举措，充分发挥福建在海峡西岸经济区建设中的主体作用。如两岸航空运输发展圆桌会议、两岸金融合作与发展研讨会、平潭旅游开放开发等3场政策研讨活动，即切中海西对台交流合作先行先试的议题。

今昔回顾，开启两岸民间交流的崭新大门

作为一场发轫于海峡两岸民间、迄今规模最大、人数最多、范围最广的民间交流盛会，其前身是去年已举办了的首届海峡论坛。与以往“海西论坛”和其他对台经贸文化交流活动不同的是，海峡论坛广泛开展与台湾

各界、各阶层同胞的交流活动，充分发挥民间团体的积极性、主动性和创造性，共同探讨两岸关系和平发展大计，由此为两岸民间交流往来开启了一扇崭新的大门。

海峡论坛的成功举办，是两岸交流交往史上的一个创举，也是两岸关系实现历史性转折带来的又一重要成果，充分表明两岸同胞已是两岸交流和往来的主体，正在成为推动两岸关系不断前行的核心动力。首届海峡论坛举办以来，两岸同胞的交流进一步密切。据悉，去年以来，两岸人员相互往来达540万人次，创历史新高；预计今年年底大陆赴台的游客将突破100万人次，两岸人员相互往来将超过600万人次。台湾高雄市议会长庄启旺表示，将紧紧依托第二届海峡论坛，加强两岸人民互访交流，促进高雄市观光产业发展。

在本届海峡论坛上，中共中央台办、国务院台办主任王毅指出："海峡论坛是两岸民间各界的大聚会，是两岸基层民众的大交流，更是两岸血脉亲情的大融合。两岸交流归根到底是人与人的交流，我们已经实现了两岸的通商、通航和通邮，除了这'三通'之外，我们还要让两岸心灵相通，感情相通，命运相通，真正把我们两岸民众的心联结在一起，把我们两岸民众的力量汇集在一起，把我们两岸民众的意志凝聚在一起，共同去推动两岸关系的和平发展，共同去开辟两岸关系的美好未来，共同去迎接中华民族的伟大复兴。"

一湾浅浅的海峡，承载的已不再是乡愁，而是亲缘，是商机，是共赢，是实现和平发展、互利共荣的黄金通道。借助海西发展的有利契机，海峡论坛正致力于打造两岸民间交流和两岸经贸合作的宏大平台。

交流、互动、先行
第二届海峡论坛聚焦

“海峡论坛是一个大交流的平台，多元声音、多元意见在这里得到表达和倾听，两岸同胞坐在一起探讨合作，寻求共识，相信这将会成为推动历史的重要力量。”

6月20日上午，在厦门海峡会议中心海峡厅，参加海峡论坛大会的两岸各界嘉宾欢聚一堂，围绕“扩大民间交流、加强两岸合作、促进共同发展”的主题，用共同语言道出相同的诚意。

突出民间交流

与首届相比，第二届海峡论坛规模更宏大，内容更丰富，形式更多样。而且，更加突出民间性、大众性、广泛性，仅来自台湾的民众总数就达万人以上，交流界别30个，其中来自岛内最基层乡镇、村里的普通民众占了八成，中南部乡亲约占六成，许多人从未来过大陆。

由于来参加论坛的人员众多，这几天台湾到金门的空运航班、金门到厦门的海运航班，班班爆满，航运业者甚至必须临时增加班次。这显示海峡论坛这个两岸民间交流的大平台已得到台湾主流民意的普遍认同与支持，两岸基层交流已经进入一个全新的阶段，正成为推动两岸关系沿着和平发展道路不断前进的强大动力。

国民党副主席黄敏惠也认为：“海峡论坛最特别之处，是增加了中南部最基层的民众，很多社团乡亲也参与其中。从第一届到第二届，越来越成熟，兼具广度和深度。”

台东县池上乡乡长林文堂这次带着乡内相关团队前来，他说，参加盛会意义重大，除奉献心得之外，更有机会观摩此地的行业发展、农事经验，也有机会学习所见之产业特色优点。期盼能持续这样的交流，从而促进两岸交流，民生互利，活络两岸经济。

第一次来大陆的台东县达仁乡乡长包世晶在听大会嘉宾发言后，深有感触地说：“贾庆林主席讲到合则两利、分则两害，说起了我们的心声。尤其是在我们台湾少数民族地区，我们更期盼大家一起沟通，进行文化、农业方面的交流。比如我们的舞蹈与大陆的一些民间舞蹈的动作很相似，不用多说大家就明白。”

突出基层互动

突出民众参与主体，突出平等参与和双向互动，让两岸百姓当主角，这是海峡论坛的又一大特色。

去年以来，越来越多的大陆赴台交流团组主动走进台湾街头巷尾、田间地头、工厂学校、医院社区，和台湾的基层民众面对面接触交流，两岸交流正日益向基层、向民间拓展。

今年的论坛，无论是30家台湾机构和32家大陆机构共同主办，还是分布在全省各市的20多场活动的安排、大会发言乃至晚会主持人和参演人员的搭配，处处体现了两岸互动、多方参与的特点。

其中，海峡两岸一脉相承的文化元素是两岸互动的重要桥梁。妈祖文化活动周、开漳圣王及部属后裔回漳谒祖进香、海峡两岸客家高峰论坛、台湾百家关帝庙信众福建谒祖会乡等众多活动，引人关注。漳州的开漳圣王及部属后裔回漳谒祖进香活动上，4对漳台开漳圣王庙宇对接“兄弟庙”、“义结金兰”，漳州与台湾“十姓百村”成功联谊对接；在三明举行了海峡两岸乡镇对口交流活动；武夷山朱子文化节，也以两岸故里、乡镇、学校对接联谊为管道，举办南平市与台湾县市、乡镇、学校对口交流互动。

台东县达仁乡的包世晶乡长此行来参加海峡论坛，最重要的一项活动就是将对厦门海沧区的一街道社区展开访问，并与他们探讨项目对接，推销台东优质的大米等农产品。他说：“我们也将真诚地邀请他们到台东，加深相互的了解，这样才能更好地互动、更好地合作。”

突出海西先行

第二届海峡论坛，海西依然是主角之一。

两岸航空运输发展圆桌会议、两岸金融合作与发展研讨会、平潭旅游开放开发等多场政策研讨活动，都切中了海西对台交流合作先行先试的议题。

为了海西，国台办主任王毅在大会致辞中向台湾同胞发出邀请。他说：“衷心希望并热诚欢迎台湾各界人士踊跃参与到海西的建设和发展中来，参与到两岸人民交流合作先行先试区的建设和发展中来，共同为促进两岸关系发展，实现共同繁荣作出新的贡献。”

对于海西先行先试，来自台湾的嘉宾表现出了很大的兴趣和热情。

中华两岸客家文化交流协会理事长饶颖奇说：“台湾与福建只有一水之隔，两地青山相望，而且血脉相承，具有共同的语言文化和民情。所以，福建要积极发挥对台的‘五缘’优势，而台湾也要厚植对福建经济合作的基础，尤其是对海峡西岸经济区的建设，台湾和福建都要充分体现其在两岸经贸与和平发展所处的主体地位和带动作用，相互配合和支持，共同开发、加速实现目标。”

中国国民党中常委廖万隆则表示，现在是海西发展的最好契机，海西最重要的作用是两岸之间交流的平台，他期待这个平台不断扩大，逐步实现全方位的交流与合作。

两岸的论坛 民间的嘉年华

边说边唱的致辞、说唱形式的《丢丢铜仔》、大学女生拉拉队的劲舞、近万人应和的《阿里山的姑娘》……多元、热烈、忘情，嘉年华的气氛，这一幕发生在6月19日第二届海峡论坛的开幕式上。

方言与歌声的致辞

国台办主任王毅上台致辞，第一句是闽南话的“你好”，引爆场内掌声。王毅的脱稿致辞感性、温馨，他先代表大陆方面32个论坛主办单位感

□6月21日晚，参加第四届海峡两岸客家高峰论坛的嘉宾与演职人员合影。

谢台湾方面的30个主办单位。他说："两岸交流归根到底是人与人的交流，我们已经实现了两岸的通商、通航和通邮，但是，除了这'三通'之外，我们还要让两岸心灵相通，感情相通，命运相通，真正把我们两岸民众的心连接在一起，把我们两岸民众的力量汇集在一起，把我们两岸民众的意志凝聚在一起。"

中国国民党副主席、嘉义市市长黄敏惠上台致辞时，先用一个热情的飞吻回应全场的掌声，说到动情处，她带领全场唱起了"高山青，涧水蓝，阿里山的姑娘美如水呀，阿里山的少年壮如山……"她说，我的声音不是最美的，但是真诚的，真诚就能打动人，就像这届论坛，真诚、多元、热情。

原来，充满个性、情感的"致辞"如此动人。

互动带来心动

万人之中介绍来宾，一般来说是礼貌而平淡。但当主持人面对不同座区的来宾介绍："这是两岸百个对接乡镇的代表"、"这是台湾宗教界的代表"、"大家都知道台湾的水果好吃，这些是台湾农民乡亲"时，被介绍的起立欢呼，听介绍的面向他们热烈鼓掌，每一次介绍都掀起一阵热潮。

当主持人介绍"这些是郑成功和开漳圣王陈元光的后裔"时，坐在记者身边的台湾朋友郑致毅激动地说："是我，是我，在介绍我。"对自己姓氏的自豪溢于言表。记者转身把掌声送给他。

主持人面对台下像和邻居说话一样自然亲切，就赢得了全场邻里般的默契和喜爱。只有互动，才有心动。

《长生殿》和女生拉拉队

你听过说唱版的闽南民谣《丢丢铜仔》吗？你看过京剧《长生殿》和歌仔戏《蝴蝶之恋》同台吗？多元、创新的《中华情·海峡缘》大型晚会令在场的8000名两岸观众直呼"开心"！罗志祥、高金素梅、伍思凯、蔡琴、宋祖英等两岸明星相继登场，每个人都赢得了热烈的掌声和喝彩。当陶喆演唱《小镇姑娘》时，记者身后的一位台湾老伯伯也粉丝般地举起双手应和。高金素梅带领的少数民族团队演唱的歌曲纯净悠扬，观众席少有的安静，只摇动一片星星点点的荧光表达对艺术的尊重。

大朵的牡丹花随风轻摆，彩蝶翩跹飞过水榭歌台，在典雅的舞台布景衬托下，两岸京剧大师梅葆玖先生和李宝春先生合演一段《长生殿》，撒下一脉“云鬓花颜金步摇”古典韵味。而台湾世新大学女生拉拉队出场，球鞋、短衣，热舞、翻转，又是青春的张扬与活力。

多元教会人尊重，尊重令无论是乡土还是典雅都扮美人间。

面对面的沟通 心与心的交流

6月19日，第二届海峡论坛在福建隆重揭幕。19日至25日，在主会场厦门以及福建其他8个设区市，近30场系列活动分别举办。6月，一个论坛，牵动两岸目光，让海峡西岸成为当之无愧的主角。

论坛还在筹备阶段的时候，主办方即向台湾各界特别是基层民众发出诚挚邀请："期待6月能在台胞祖地相聚。"邀请得到热烈回应，台湾基层民众、中南部乡亲、少数民族同胞和民间社团人士热情参与，人数超过以往。不仅如此，海峡论坛也被岛内媒体视为新闻盛宴，有超过80余家媒体的百余名记者参会，媒体总数为上届的两倍多。

论坛最大的亮点在于其民间性、社会性和广泛性。2009年5月，首届海峡论坛召开，在一水之隔的台岛吹拂春风，约8000名台湾乡亲与会。时隔一年，规模扩大，万名台湾乡亲参与，其中来自基层的约占80%，来自中南部的约占60%。本届海峡论坛活动内容丰富，比首届论坛新增10个交流界别，两岸民众互动更加充分。有岛内媒体如是描述："这是一场更加盛大的两岸民间交流嘉年华。"在这场盛大的两岸民间交流嘉年华里，许多台湾乡亲是第一次参加，他们有寻根谒祖的，有恳亲访友的，有旅游览胜的，也有比赛竞技的，八闽大地上，听乡音叙乡情，各得其所。气氛的热络与愉快依旧，变化在于交流人数的增多、交流领域的拓展。

如此变化，两岸民众看在眼里，喜在心头。台湾同胞80%的祖籍地在福建，闽台一衣带水、血缘相亲。然而，"咫尺之隔，竟成海天之遥"，1949年后，海峡两岸对峙长达数十载。政治的隔绝与分离却由个体命运来承担，人为的阻隔多少带来心灵的疏离，这一切，原非两岸民众所愿见。如果了解那一段特殊的历史背景，就不难读懂今天两岸民众对于通畅交流的渴望和惊喜。面对面的沟通，误解可以消弭；心与心的交流，偏见定能遁形。大陆到底怎样？台湾人到底怎样？让两岸同胞亲身来感受一下吧。多一回碰面，多一次交流，多一份共识，看似量的变化，累积的却是两岸长久和平的民意基础。

论坛的主题为“聚焦民生，惠泽两岸”，两岸嘉宾叙亲情，也共话发展，这在两岸民众的眼里，又是惊喜。闽台资源优势互补，合作空间本来广阔，然而曾几何时，台当局的“禁足令”却捆住了两岸合作双赢的脚步。捆得住脚步，却捆不住心意。近年来，台湾局势发生重大变化，两岸交流合作的步伐越来越大、越来越快，特别是国务院支持海西建设文件的颁布，新机遇来了，闽台生活经济圈不再是空想。“此心安处，便是吾乡”，越来越多的台胞西进，在海西的大发展中找到机会、实现梦想。未来海西在政策上如何先行先试？两岸产业如何进一步对接？海峡论坛成为两岸经贸合作和两岸合作交流政策研讨的平台。两岸民众和基层业者表达见解，使两岸的政策更契合实际，两岸合作更趋深入和良性，最终受益的还是两岸民众。

细数往昔，不难看出，海峡论坛上两岸民众惊喜的背后，其实是对两岸交流交往来之不易现状的珍视和深深的赞同。读懂两岸间的每一次惊喜，更重要的是读懂两岸民众的心意，还有对未来的期许。

台湾记者看海峡论坛：释放思想 真诚重民生

海峡论坛作为两岸之间规模最大的民间交流盛会，越来越吸引台湾媒体人的目光。台湾媒体记者如何看待海峡论坛？他们有怎样的全新体验？大陆记者特约了一批台湾记者给我们供稿，或接受我们采访，聊聊他们在海峡论坛期间的全新感受，从中可以了解海峡论坛在台湾的影响力及评价。

台湾《联合报》资深记者林琮盛：一个释放思想的场合

不管是大陆或台湾，民众对于不熟悉、没接触过的人、事、物，总会抱持着某种“先天性的偏见”，以自己的价值观去判断或审视对方的行为，一旦双方对于彼此的行为出现认知差距，就会出现误解，当误解不适时进行沟通和了解时，“先天性偏见”就会出现“沉默螺旋”效应：原先的误解成为既定事实，甚至被妖魔化。

不可讳言，尽管两岸交流日益密切，但基层老百姓对于彼此的隔阂和认知，仍存在着无形的天花板。因此，深入和扩大基层交流，必成为两岸“融冰”的前提。

两岸的历史纠结，不是一天两天就能化解开的。在本次采访中，个人很乐见，有一个海峡论坛的交流平台，至少让两岸民众有一个“脑力激荡”的机会：不管对方的意见是否中听、是否能接受，但这是一个去冲击彼此既定思考、理解双方思考的重要场合。

撇开“统独”意识、个人喜好、价值观差距不谈，理解，正是目前两岸双方亟须建立的支柱，尤其是交流已成为两岸和平发展的基础。

以我在大陆驻点采访数年的经验，身旁已结识了不少大陆好友，尽管观念、思考模式、认知仍存在一定的差异，但这不损及我和大陆友人之间的友谊。甚至，我们也能相互理解对方的立场和想法。

因此，透过海峡论坛的机会，我相信，当台湾和大陆民众彼此认识的朋友越多，彼此理解的程度也将加深，“和平”也更能在两岸之间，结下更完美的果实。

台湾嘉宾：我们的距离越来越近心与心更紧紧相连

第二届海峡论坛6月19日晚在厦门会展中心隆重开幕，包括台湾25个县市，来自台湾工会、青年、妇女、文化、体育、工商、农业和旅游等30个界别的6000多名代表参加。台湾嘉宾表示，两岸在和平与和谐的氛围中不断加强交流交往，“我们的距离越来越近，心与心更紧紧相连。”

台北的陈嘉尚代表说，首次参加海峡论坛，感觉气氛融洽，两岸交流发展势头良好，让台湾的民众更有信心，继续往前走。他认为两岸的交流活动不仅能够促进两岸人民的了解、中华文化的传承，在经济及产业方面更为寻找平台对口商机的台湾企业提供了快捷和便利的认知渠道。

第二次参加海峡论坛的台湾企业代表李永能说，海峡论坛不论是规模和交流活动一年比一年内容丰富，一年比一年更好，台湾同胞的参与亦更加踊跃。希望两岸能“常来常往，越走越近”。

来自台湾的私立中学董事长罗文贵则认为，两岸不仅要在产业、文化方面交流合作，教育业的发展也不可小觑。他表示，自己十分关注两岸关爱下一代成长分论坛，希望透过两岸的沟通，相互分享教育心得与创新理念，促进两岸教育界的发展。

谈及对第二届海峡论坛的感受，罗文贵告诉记者，两岸在和平与和谐的氛围中不断加强交流交往，“我们的距离越来越近，心与心更紧紧相连。”

在开幕式上，台湾少数民族更成为了一道最亮丽的风景线。五颜六色的民族服装和别具一格的头饰发带吸引了大批的记者和在场人员。来自台湾阿美族群的田恬小朋友说，他们都是第一次来厦门表演，第一次感受到大陆的热情，“我们还没有机会和厦门的小朋友交朋友，我希望能有这个机会，因为我很喜欢这里。”布依族群12岁的小朋友吴婷萱告诉记者，她是和族里的小姐妹一起来的，将在20日晚间参加两岸少数民族联谊交流会，并和族人一起表演原住民舞蹈。

以“扩大民间交流、加强两岸合作、促进共同发展”为主题的第二届海峡论坛，更加突出民间性、大众性、广泛性，更加强调多样性、有效性，两岸同胞参与更加踊跃，来自台湾的民众总数超过首届，界别更为广泛。

高金素梅看海峡论坛：少了形式多了真诚

从北京奥运会到上海世博会，再到这一届的海峡论坛，高金素梅带领的台湾少数民族文化团队为越来越多人所熟知。在昨天的海峡论坛上，高金素梅告诉记者，海峡论坛作为民间交流的平台，第二届比第一届规模更大，参与的人更广泛，“非常好，这是两岸共同的盛事”。

高金素梅说，无论是台湾民众，还是大陆人民，越基层就越能够感受到大家的情感流露。“年轻人的影响力是巨大的，这次多了这么多青年人，我相信对化解误会、消除疑虑，对两岸的未来都会更好。”高金素梅说。

对比去年海峡论坛，高金素梅表示，确实一届比一届办得好，“少了许多形式，多了很多真诚”。高金素梅说，“今天现场气氛特别好，感觉也很轻松，欢笑很多，掌声很多，互动也很多，我想这些都是大家的真情流露，这样的交流确实很棒。”

台商曾俊雄：海峡论坛开幕式暨综艺晚会让人真情流露

6月19日，第二届海峡论坛开幕式暨综艺晚会在厦门国际会议展览中心隆重登场，8000余位来自两岸的各界代表参加了本次论坛开幕式。台湾丰钜企业有限公司、厦门天成欣贸易有限公司总经理曾俊雄先生是第一次参加海峡论坛，开幕式结束之后对本台记者表示，这是一个让人真情流露的晚会，两岸达到了水乳交融的境界。

曾俊雄先生说：“参加这个开幕式、晚会，就像参加海峡两岸的一个嘉年华晚会。以往参加的论坛相对比较严肃，比较专业化，有一个固定的主题，海峡论坛不同，这是一个很融洽的晚会，让你会真情流露，让人感觉到海峡两岸真的是达到了一个水乳交融的地步。尤其在开幕式时，主持人在介绍各行各业的代表时，每一个人的脸上笑得那么自然，表情都那么纯真，掌声热烈，让人们感到大家都是很真诚地来到这里作交流。诚如国台办主任王毅在致辞时所说，交流最重要的还是人跟人的交流，心和心的沟通。海峡论坛是一个温馨、柔软、融合式论坛，各行各业、方方面面都能包容，没有距离的，好像什么事都可以谈的论坛。东道主那种款待，让我真的感觉就像在台湾和朋友话家常一样。”

当被问到此行的期待时，曾先生表示最大的收获是多交朋友：“这让我感到五缘关系真实地存在于闽台之间，分割不开。”

台北市议员王鸿薇：无形中将台湾纳入海西发展

漂亮、干练而又相当有亲和力的台北市女议员王鸿薇，经常在台湾上电视节目评点政经时事。这一次来厦门，已经是她第二次参加海峡论坛。

虽然时常在台湾电视上“耍嘴皮子”，但王鸿薇参与两岸交流活动的兴致高于“做名嘴”。除了经常参加各类两岸间的活动外，身为三个孩子的妈妈，王鸿薇非常关注两岸教育方面的交流。

对于海峡论坛的特点，王鸿薇看得非常清楚。她说，两岸之间有几个重要的交流平台：包括海协会和海基会的两会平台，两岸经贸论坛，海峡论坛。海峡论坛定位于民间交流，刚好补充了其他交流平台的不足，让两岸民间基层民众来参与，其影响力将是深远的。

此外，在王鸿薇看来，海峡论坛除了在人数上的规模，更重要的是在两岸经贸、文化交往之外，更加重视农业、宗教以及各类民众情感深层的交往，使得交流领域更为扩大。

从事经济新闻报道出身的王鸿薇，剖析海峡论坛的内涵，也是十分在行。她说，在经济上，海峡论坛有其特殊功能，在海西经济区举办这样一个大型会议，广邀台湾各界参加，这相当于把台湾也纳入海西发展当中，这也让台湾产业界累积几十年的经验有了进一步施展的空间。此外，大陆广阔的市场，对于台湾产业界乃至民间人才培养、交流来说，更是别具意义。

台湾中评社记者康子仁：论坛开幕难忘三个镜头

深受两岸三地瞩目的海峡论坛，6月19日在厦门隆重揭幕，经过一整天的采访，有几个镜头深深印在脑中挥之不去，碰巧的是，都是和台湾的女性有关。

场景之一是全国政协主席贾庆林与台湾来宾会见时，看到前海基会董事长辜振甫遗孀辜严倬云女士，特别停留一阵子，与她闲话家常，两人真情流露。辜振甫在世时，最大的愿望就是在台湾亲自接待海协会会长汪道涵，但因为李登辉提出的“特殊两国论”而落空，如今辜老虽然仙逝，辜严倬云访问大陆，参加两岸论坛，见证两岸关系从紧张到缓和，如今交流更进一步，她的到访格外具有意义。

另一个让记者印象深刻的是前民进党“立委”许荣淑。这位民进党20多年前创党要角之一，去年因为与前“农委会主委”范振宗一起到湖南长沙参加两岸经贸文化论坛，遭到民进党扫地出门开除党籍对待。尽管民进党不准党公职参与两岸论坛，少了党纪的羁绊，许荣淑更加自由自在。

台湾南部电台主持人老K：论坛影响力会在台湾发酵

昨天晚上，刚刚看完海峡论坛文艺晚会的台湾南部电台主持人老K叹息道：“唉，几位因为天气缘故而延迟到厦门的团员，错过演出太可惜了！”

老K介绍，因为金门大雾，有些团员直到昨天下午6点多才到厦门，赶不上看晚会，“这实在是他们最大最大的遗憾！”

贯穿两岸主题的晚会，让老K所带领的百余位中南部乡亲非常震撼。老K直言，晚会很多细节都很让人感动，尤其没有来过大陆的团员，绝对会因为这样一场精彩的晚会直接改变对大陆的印象。“气势很恢宏，灯光很唯美，演出很感人……”一口气说了一连串形容词，老K的观后感果然很强烈。一位同行的台湾乡亲，亲口对老K说："大陆真是不看不知道，一看吓一跳！"这位第一次到大陆的台湾乡亲根本没有想过，大陆和他原来的印象相差那么大！

对老K来说，他本人经常会来大陆参加交流活动，但和他同行的百余名中南部乡亲，却是借助这个平台，深入了解大陆，直接改变过去刻板印象。"有了这样的改变，海峡论坛的影响力，未来会在台湾逐步发酵！"

老K很感性地说，这一次参加海峡论坛，很多台湾乡亲都下榻厦门临海的酒店，乡亲们很容易就可以临海眺望金门，而畅想两岸未来融合发展，自然会成为大家不言的情思。

台湾民众：海峡论坛是惠及两岸同胞的民间大交流大聚会

正在八闽大地热闹举行的第二届海峡论坛，得到台湾各界民众的踊跃参与，也受到岛内舆论的热切关注。他们普遍认为，海峡论坛是真正惠及两岸同胞的民间大交流、大聚会，扩大两岸基层交流非常重要，有助于融化“政治僵硬”，促进两岸政治上的融合。

一万多名台胞参加了第二届海峡论坛，来自岛内最基层乡镇、村里的普通民众占80%，其中中南部乡亲约60%，不少人是首次来大陆。

率领50名基层乡民前来赴会的台湾乡镇市民代表会联合总会秘书长刘冠雄说，此行促成117对两岸基层乡镇实现对接，论坛后各对口乡镇将自行进行后续交流，密切联系，促进感情，这有利于促进两岸农业交流的发展。

和他有同样观点的还有国民党阿里山乡党部民众服务社理事长许荣镇。也是富顺制茶厂合伙人的他说：“我们基层民众关注的是两岸民间交流、投资、旅游观光、农业技术交流这样的经济议题。虽然政治归政治、民间归民间，但相信民间的交流会融化政治的僵硬。”

台湾快乐联播网行销负责人廖凤彬连续参加两届海峡论坛，首届他只身前来，本届则带团而来。他说：“去年同行多持观望态度，但今年大家都乐意来，主动来，因为看到第一届海峡论坛带来的优惠措施得到了落实，开放尺度大，方向正确。”

“台湾向前行”节目主持人张孟崇表示，台湾民众参与态度的积极、主动，表明台湾主流民意对海峡论坛这一基层交流平台的认同，两岸民间交流得到全方位发展，对于两岸关系健康前行意义重大。

中国民航局在第二届海峡论坛期间宣布了进一步促进海峡西岸经济区与两岸航空运输发展的7条政策措施，以及两岸民航业者将两岸航线票价降低10%至15%。这些措施在岛内引起热烈反响。

台湾中华航空公司公关处人士表示，这些具体政策措施若能尽快落实，可促进两岸民众往来，降低业者运营成本。作为业者，只要能对营运有帮助，他们都乐观其成。

台北出租车司机刘永德听到两岸航线票价降价的消息非常高兴。他说，因为生意上的关系，他经常和表哥一起去大陆，“机票降价可以为我们省不少钱”。

台北大学政治经济研究中心主任郑又平表示，本届论坛大会上贾庆林主席和王毅主任都表示希望两岸交流更加广泛，这是非常有远见的。因为两岸不能仅仅是经贸、文化等交流，扩大民众交流也非常重要。

“两岸推动民间交流的努力现在还像是在堆积木，但经过长时间的努力，就会形成宏大的金字塔。”郑又平形象地说。

台湾媒体高度关注这一两岸民众交流的盛会。台湾中天电视台、东森电视台、TVBS 等电视媒体及时、反复报道论坛有关内容，台湾《联合报》、《中国时报》、《旺报》、《工商时报》、《经济日报》等报纸在头版等重要版面对论坛做了及时、深入的报道。

“两岸在民意上取得的共识，可以促进政治上的融合，两岸人民的心声都是一样的。”刘冠雄说。

台湾少数民族代表初次登陆：原来大陆这么好

参加第二届海峡论坛的台湾少数民族代表包世晶这两日收获不少，既有故乡歌舞的陪伴，又有新朋友结识，还能四处走走看看。初次来大陆的他，由衷地对记者感慨：原来大陆这么好！

本届海峡论坛开幕式晚会上，身为排湾族人的他看到高金素梅带领的团队在美轮美奂的舞台上演出故乡歌舞《分享庆丰收》，竟然感动得掉眼泪了。“排湾族人的那个表演，过去在台湾也有看到听到，但不一样的是这是在两岸交流的舞台上演出的，在那种环境之下，看到这种非常亲切的表演，那是种不一样的心情和感动”。现场两岸8000多名观众热烈回应的宏大场面，令包世晶既感动又开心，切实感受到两岸的情感距离在不断缩近，同时又对自己的民族文化充满了信心。

虽是一乡之长，包世晶之前却没有来过大陆，这次来参加海峡论坛，是他第一次登陆。经过初步观察，他对这边的第一印象非常好。“过去因为没有来过，在电视上看到也不觉得怎么样，亲自来看时就大开眼界。无论建设还是人情，或是在整个活动的安排上，真是非常好，值得我们学习。”不仅仅是包世晶觉得好，与他同来的十多名台东县代表团团员也都觉得“很清新非常好玩”，“来了之后才知道，原来大陆是这么一个好地方”。包世晶表示，回台之后“我们会把看到的好地方宣传给同胞，同时取长补短，共同进步。”

台东县风光优美，经济却不够发达，好在大陆游客很多，一定程度上照顾了台东县少数民族的生计。而为了寻找较为稳妥的产品销路，包世晶此行还负有结交朋友开拓市场的重任。他表示，现在已经跟厦门海沧区达成合作意向“结对子”，海沧如果有商品展销活动，会从台东过来与客商交流，顺便推荐台东县的产业，以后还将会与海沧有生意上的往来。

台湾问题专家：海峡论坛不是走过场效果应长远看

第二届海峡论坛在福建省举行，此间台湾问题专家认为，民进党缺席的本届论坛仍具有两大亮点；而论坛并非如一些人认为的只是偏于形式的走走看看，效果应该从长远评估。

第二届论坛具有两大亮点

福建社科院台湾研究所所长吴能远，6月20日接受中新网记者采访时表示，这一届论坛具有两个亮点，一是参与的面更广、人数更多，两岸基层各种界别、各种人士之间的交流，都比去年提升到一个新水准。

二是福建力推的海峡西岸经济区引起台湾方面很大关注，特别是平潭开放开发的构想，台湾方面聘请很多专家和相关人士担任顾问，海西发展、平潭开放开发，这次成为双方关注的很重要的一个点。

民进党迟早会走上交流之路

本届论坛，民进党人士没有参与。在论坛举办前夕，国台办发言人范丽青还明确表示，我们欢迎民进党人士参加海峡论坛；我们一向欢迎民进党人士以适当身份来大陆参访交流、增进了解。

对于民进党的缺席，吴能远研究员认为，民进党自己不来参加这样的活动，实际上跟现在两岸关系和平发展的潮流背道而驰，对民进党自身，也是非常不利的。

他说，两岸交流现在是大潮流、大趋势，民进党必须要积极面对。但现在看起来，民进党为了选举需要，并没认识到这个问题，但吴能远认为，迟早有一天，民进党会走上参与两岸交流这条路来。

论坛不是走过场 效果应长远看

在第一届海峡论坛举办后，当时曾有台湾媒体指，这种论坛只是一种开开会、发发言、走走看看，过于偏重形式。

吴能远表示，这需要分两方面来看待。一方面，现在大多数台湾同胞没有来过大陆，在这种情况下，用这样一种论坛的形式，大家来大陆聚一聚，让台湾同胞来大陆实际看一看、走一走，这本身意义就很大。

他说，刚开始的时候，不可能要求太多。开始时看起来貌似比较平淡，但是长远来看，五年、十年后就可以看出，它播下的种子会发出强壮的芽，长出坚实的躯干。

另一方面，他表示，我们也希望能更加多些实质性的东西，能够办得更有深度，起的作用更大，这需要不断总结经验，根据两岸关系发展的形势、根据客观可能，尽可能地办得更好、更有深度。这应说是论坛的努力目标。

两岸问题 民意是重要的基础

在吴能远看来，两岸关系问题不论是最终实现和平统一，还是现阶段两岸关系和平发展，民意是重要的基础。两岸之间要真正稳定、不可逆转、持续地推动和平发展，取决于两岸人民更加的相互了解，误解更少，也取决于两岸人民共同抛弃过去冷战时代存在的一些敌意。

吴能远表示，越来越感觉到海峡论坛的重要性，因为它真正面向台湾基层，面向台湾广大民众，这个交流绝对是维持两岸关系和平发展、推进和平统一的最基本、最重要工程。“我们需要好好把它经营好，我期待海峡论坛一年比一年办得更好。”

台湾学者：两岸“社会化”大交流时代悄然来临

备受关注的第二届海峡论坛在福建省9个城市接力展开，上万名台湾民众应邀参加，堪称一场两岸大型嘉年华，对于扩大民间交流，加强两岸合作，促进共同发展，具有十分重要的意义。

本届海峡论坛突出以下三个特点。一是民间性、大众性、广泛性。在邀请台湾25县市代表工商企业界、文教界等界别代表的基础上，扩大邀请台湾基层民众、中南部乡亲、少数民族同胞和行业代表、民间人士等参加。二是文化交流。更加突出文化内涵，充分展示闽南文化、妈祖文化、客家文化等地域文化特色，注重群众性文化交流、融洽彼此感情。三是基层对接。通过论坛活动，深化两岸基层民众的交流，扩大基层参与面，开展基层各界别的对口联谊与交流合作，是两岸民众“走亲访友做生意”的一次盛会。

综观本届海峡论坛的成功举办，充分表明两岸民众已是两岸交流和往来的主体，正在成为推动两岸关系不断前行的核心动力，标志着两岸民间交往迈上了新台阶、进入了新阶段。本届海峡论坛体现了如下意涵与成果：一是创造更多平台让两岸民众实现更广泛更直接的交流，已成新形势下两岸民众的共同期盼；二是建构崭新的民间性质的交流平台，能忠实反映民间对两岸关系的真正看法，而对政策面带来实质影响；三是两岸交流合作正深化到社会生活层面，向民间层次扎根，可望打造两岸“共同生活圈”，使两岸关系进入“社会化”的大交流、大合作、大发展时代。正因如此，一个更为广泛的、以基层民众为主角的两岸交流时代正悄然来临，尤怪乎，海峡论坛的举办对促进两岸和平发展的深层意涵，广受各方高度肯定。

附 录

第二届海峡论坛日程

开幕式暨综艺晚会

活动时间：6月19日晚上
活动地点：厦门会展中心二期H、K、L厅

海峡论坛大会

活动时间：6月20日上午
活动地点：厦门海峡会展中心

两岸航空运输发展圆桌会议

活动时间：6月20日下午
活动地点：厦门

海峡两岸金融合作发展研讨会

活动时间：6月21日
活动地点：福州

平潭旅游开发开放研讨会

活动时间：6月21日—22日
活动地点：福州

妈祖文化活动周

活动时间：6月18日—24日
活动地点：莆田

海峡影视展映展播周暨两岸广播影视制作业峰会

活动时间：6月20日—25日
活动地点：厦门、漳州

海峡27城市新闻出版业发展论坛

活动时间：6月20日—24日
活动地点：厦门

海峡两岸中医药发展与合作论坛

活动时间：6月20日下午—22日
活动地点：厦门

海峡两岸少数民族联谊交流会

活动时间：6月20日—23日
活动地点：宁德

海峡两岸合唱节

活动时间：6月18日—21日
活动地点：福州

两岸客家高峰论坛

活动时间：6月21日—24日
活动地点：龙岩

武夷山朱子文化节

活动时间：6月21日—23日
活动地点：南平

漳州开漳圣王及部属后裔回漳谒祖

活动时间：6月18日—20日
活动地点：漳州

海峡两岸体育交流大赛

活动时间：6月19日—25日
活动地点：泉州、厦门、福州、莆田

海峡青年论坛

活动时间：6月19日上午
活动地点：厦门

两岸侨联和平发展论坛

活动时间：6月20日—22日
活动地点：厦门

海峡两岸职工论坛

活动时间：6月20日
活动地点：厦门

和平小天使两岸手拉手活动

活动时间：6月20日下午—23日
活动地点：福州

海峡妇女论坛

活动时间：6月19日—24日
活动地点：厦门、福州、平潭、漳州、龙海、漳浦、南靖

海峡两岸科技与经济论坛

活动时间：6月20日下午—24日
活动地点：厦门

海峡两岸大学生职业技能大赛暨创新成果展

活动时间：6月20日—22日
活动地点：厦门

海峡两岸乡镇对口交流会

活动时间：6月21日—25日
活动地点：三明

海峡两岸关爱下一代成长论坛

活动时间：6月20日—23日
活动地点：厦门

台湾百家关帝庙信众福建谒祖会香

活动时间：6月22日—25日
活动地点：厦门、泉州、漳州

国家广电总局
新闻出版总署
国家体育总局
国家旅游局
国务院发展研
国家文物局
国家中医药管
中国民用航空
经济日报社
福建省人民政

台湾

台湾省农会
台湾省渔会
台湾农业整合
台湾省农田水
台湾乡镇市民
台湾佛教慈济
台湾妈祖联谊会
中华青年交流协
十大杰出青年基
台湾中华妇女会
两岸共同市场基
台湾观光协会
台湾私立大学院
中华文物保护协
中华广播电视节
中华文化推广协
中华演艺总工会
台湾工业总会
台湾商业总会

台湾工商协进会
台湾电机电子工业同业公会
台湾工业协进会
台湾中小企业协会
台湾工商建设研究会
台湾海峡两岸航运协会
台北市航空运输商业同业公会
台湾商务文教交流协会
旺旺中时媒体集团
联合报系
东森电视事业股份有限公司

支持媒体

大陆

中国台湾网	人民网	新华网
中国网	国际在线	中国日报网
中国青年网	中国经济网	中国新闻网
中国广播网	中工网	你好台湾网
千龙网	中国网络电视台	华广网
光明网	环球网	东方网
北方网	华龙网	东北网
北青网	天津网	东北新闻网
黑龙江新闻网	长城网	河北新闻网
石家庄新闻网	华商网	新民网
正义网	闽台网	闽南人网
荆楚网	西部网	天山网
亚心网	中国甘肃网	浙江在线
中国宁波网	中国江苏网	中国山东网
中国常州网	红网	商都网
豫台有约网	大河网	大洋网
星辰在线	南方网	四川新闻网
四川在线	金羊网	金黔在线
中金在线	广西新闻网	两江传媒网
奥一网	星岛环球网	海峡网
海南在线	大众网	百度
搜狐	新浪	腾讯
凤凰	网易	华夏经纬网
TOM网	中华网	

台湾

今日新闻网	两岸网	台湾省农会
台湾省渔会		